NPCに転生したら、あらゆる仕事が天職でした

NPC NI TENSEI SHITARA, ARAYURU SHIGOTO GA TENSHOKU DESHITA

前世は病弱だったから、このVRMMO世界でやりたかったこと全部やる

著 k-ing《キング》 ill. HIDE

CHARACTERS
OPEN
バビット
飲食店を営む料理人。
ヴァイトのことを気にかけ、
成長を見守る。
ヴァイト
病弱で寝たきりだったが、
VRMMOのNPCに転生した少年。
元気になった体で、
前世ではできなかった
あらゆることを経験しようと
決意する。

ラブ
魔法使いを目指す勇者《プレイヤー》。
面倒見のいい
お姉さん的存在。
アル
剣士を目指す勇者《プレイヤー》。
頼れるリーダー的存在。
ユーマ
拳闘士を目指す勇者《プレイヤー》。
明るく友達思いだが、
大半の難しいことが苦手。
ナコ
聖職者・薬師を目指す勇者《プレイヤー》。
道に迷っていたところを
ヴァイトに助けられる。

序章　兄は転生する

視界がだんだんとボヤけて、聞こえる声が遠くなっていく。

「お兄ちゃん、今日はプレゼントを持ってきたよ」

妹の咲良《さくら》が何か話しているのはわかる。ただ、俺には何を言っているのかわからない。

俺は小学校低学年の時に難病《なんびょう》を患《わずら》った。

病気の進行は速く、筋力はどんどんと落ちていき、中学校に上がる頃には寝たきりになっていた。

そのため、中学校には一度も行けていない。

幼い頃に元気いっぱいに走ったのが懐かしい。

「これをつけたらご飯も食べられるし、走ることもできるんだよ」

どこか咲良は嬉しそうだ。

「しゃ……」

俺は必死に咲良に向けて手を伸ばそうとしたが、もう指すら動かない。

声も息が漏《も》れるだけで、言葉にならない。

鼻には人工呼吸器《じんこうこきゅうき》がついており、腕には点滴《てんてき》が繋《つな》がっている。

俺は今、様々な機械と管で生かされている。

「私もこれでお兄ちゃんと走って遊ぶんだ」

楽しそうな咲良の声を聞きながら、疲れた俺はゆっくりと眠りにつくことにした。

◆　◆　◆

生臭《なまぐさ》い匂いが鼻を突き抜けていく。

匂いを感じたのはいつぶりだろうか。

人工呼吸器をつけてからというもの、匂いを感じた記憶はない。

「おい、起きろ！」

俺は突然頬《ほほ》に走った衝撃で目を開ける。

「はぁ⁉」

……どうやら俺はさっきまでいた病室ではなく、どこかの屋外にいるようだった。

辺りを見回すとレンガ調の建物ばかり。こんな町は見たことがない。

いやそれ以前に、そもそも外にいることがおかしい。

俺はさっきまで病室で寝たきりだったはずだ。もしかして、死んで生まれ変わってしまったのだろうか。

「お前みたいなやつがいたら掃除《そうじ》ができないだろ！」

声のする方を見たら、恰幅《かっぷく》のいい男が立っていた。

掃除の道具を持っており、俺が彼の掃除の邪魔をしてしまっているようだ。

「すみません！」

俺は急いで立ち上がる。

あれ……？

簡単に立ち上がれたぞ。

それに、ちゃんと声も出ている。手はちゃんと動くし、首も動くし、足も動く。

わけのわからない状態に混乱しながらも……

「ヒィヤッホオオオー！」

あまりの嬉しさに、俺はついついその場で大きな声を出してしまった。

「うるさいぞ！」

「痛っ⁉」

相当な大声が出ていたようで、俺は男に叩かれた。

だが、それすらも俺は嬉しく思ってしまう。久しぶりに痛みを感じたのだ。

どれだけ触れられても、叩かれても、何も感じなかったのに、今は感覚がある。

生まれてからずっと当たり前だったことが、病気によって当たり前じゃなくなる度に、俺は毎回絶望していた。

全身の筋肉が動かなくなっていく病で、次第に心臓の筋肉も動かなくなり死んでしまう。そんな病気だと小学生の時に伝えられた。

死という、現実とはほど遠かった存在が、少しずつ近づいてくるのに恐怖した毎日。

……でも、死んだあとの世界がこんなに幸せだとは思いもしなかった。

「おい、泣くことはないだろ！　優しく叩いたつもりだぞ？」

どうやら俺は嬉しくて泣いているようだ。

慌てて涙を拭っても、拭ったそばからすぐにまた溢れ出てきてしまう。

「はぁー、みんなも見ているだろ。こっちに来い！」

周囲の視線を集めていたのか、俺は男に無理やり建物の中に入れられる。

そこは飲食店のような雰囲気で、俺は手近な椅子に座らされた。

少し横暴《おうぼう》な男だが、不思議とどこか優しさを感じる。

しばらく座っていると、鼻を突き抜ける香辛料《こうしんりょう》の匂いがした。

――グゥー！

お腹が盛大《せいだい》に鳴る。

空腹なんていつぶりだろう。

長いこと点滴で栄養を摂取していたため、忘れていた感覚だ。

「どうせ、お前は孤児《こじ》だろ？」

男は俺に問いかけながら、丼《どんぶり》いっぱいのスープを持ってきた。

その匂いだけで、すでに俺のよだれは止まらない。

「……」

「あんなところにいられたら邪魔だからな。冷めないうちに食べろ」

俺が自分のことがわからず答えられないでいると、男はそう言い残して外に出て掃除を再開した。

一人残された俺はスプーンを手に取る。

スプーンをしっかり持てただけでも、嬉しくて笑いが止まらない。

溢れないようにゆっくりとスープを掬《すく》い、口の中に入れる。

喉を流れていく液体の感覚とゴロッとした具材を噛みしめる感覚に、またも自然と笑みが溢れ出てくる。

点滴を繋ぐ前も、長いことトロミがついているものだけしか食べられなかった。固形物では誤嚥《ごえん》する恐れがあったからだ。

どれだけ注意しても、肺に入って肺炎になってしまうぐらい、俺の体は弱っていた。

だから、こうしてスープを簡単に飲める健康な体がありがたい。

その嬉しさがゆっくりと込み上げてくる。

「おいじいよおおおお」

久しぶりの美味しい食事を、俺は必死にかき込んだ。

そんな俺の姿を見ていたのだろう。クスクスと笑い声が聞こえてきた。

食べることに集中しすぎて、俺は男が戻ってきたことに全く気づかなかった。

「おいおい、食べるか泣くか、どっちかにしろよ」

「へっ？」

どうやら俺は必死に食べながら、感動してまた泣いていたみたいだ。

男には、情緒不安定《じょうちょふあんてい》なやつに見えていたに違いない。

「そんなにうまいなら毎日食わしてやるから、まずは体を洗ってこい」

男に腕を引かれ、俺は裏庭に連れて行かれる。

そこには桶が置いてあった。

桶の中にはお湯が入っており、男からタオルのような布を渡される。

体を洗えと言うから、てっきりシャワーのようなものを想像していたが……

少し固まっていたら、男が心配そうに声をかけてきた。

「洗い方もわからないのか？」

「あっ、大丈夫です」

俺は返事をして、服を脱ごうと自分の体を見ると、着ている服はボロボロに破れていた。

これ以上破れて着られなくならないように、そっと脱いでしっかり畳んで置いておく。

服を脱いだ体は貧相だが、それは前と変わらない。

桶のお湯を覗くと、そこには見たことのない黒髪の少年が映っていた。

「俺じゃない!?」

記憶している自分の顔とは異なり、年齢も中学生ぐらいに見える。

俺は高校生の年齢にはなっていたから、年齢だけで言えば少し若返ったことになる。

生まれ変わるとしたら赤ちゃんからだと思っていたが、どうやらそうとも限らないらしい。

とはいえ、幼い時の記憶ははっきりしていないため、先ほど急に前世の記憶と人格を思い出したのだとしてもおかしくない。

とりあえず、俺は布をお湯で濡らして、体を拭いていく。

「汚いな……」

男は俺に孤児か尋ねてきた。

今の俺は親がいない子どもなのだろうか。

だとしても、これだけ元気な体があればなんでもできるような気がしてくる。

前世に比べれば十分すぎる状況だ。

健康な体を手に入れたのは嬉しいが、心残りなのは、妹の咲良と一緒に遊べなかったことだ。

色々と考えながら、何度も何度も拭くと、徐々に体は綺麗になっていく。

ただこのあと、もとの汚れた服を着たら、体を拭いた意味がなくなってしまう。

「すみません。何か着るものはありませんか？」

裏庭は厨房に接しているため、俺は少し声を張って、食事の準備をしている男に声をかけた。

改めて建物を見ると、やはりここは飲食店だろう。

「ああ、すまない。服ならあいつのがあるから……」

男は二階に上がっていった。

厨房を見ると、男が混ぜていた鍋が火にかけられたままになっている。

焦げるといけないと思った俺は、裸のまま近づき鍋をかき混ぜた。

いい匂いが厨房に広がり、またお腹が空きそうだ。

「おい、服を用意……お前何やってるんだ！」

男が大きな声で言うので、俺はやってはいけないことをしたのかと思い、すぐに手を離した。

男の顔は怒っているように見える。

お客さんに出すものを、孤児の俺が触ったのが気に食わなかったのだろうか。

「裸で火傷《やけど》でもしたらどうするんだ！」

「へっ⁉」

「火傷したら痛いんだぞ！　早く二階に行って服を着てこい」

俺は男に服を渡された。

どうやら怒ったわけではなく、俺を心配しての大声だったみたいだ。

裸で冷えているはずなのに、男の優しい言葉に、俺の体はポカポカしてきた。

二階に上がり渡された服を着ると、明らかにサイズが大きかった。

それでも袖《そで》と裾《すそ》を捲《まく》れば、特に問題はない。

綺麗な服を貸してくれるだけでもありがたいことだ。

俺も何か今日の恩返しをしたいな。

「あのー、着替えたので……」

一階に下りていくと、お客さんが来ているのか、男はバタバタと動いていた。

料理を作ってはお客さんに持っていき、また調理場に戻っていく。

男は忙しそうに一人で全てをこなしていた。ただ、それにも限度があるだろう。

「おじさん、これどこですか？」

俺は台に置いてある肉料理を持つと、男に声をかける。

「いや、お前は……それは一番奥の男二人だ」

一瞬渋い顔をしたが、男は料理の運び先を教えてくれた。

俺は言われた通りに奥にいる二人組の男性客に肉料理を運ぶ。

美味しそうな匂いがして、よだれが垂れそうだ。

「お待たせしました」

俺がテーブルに料理を置くと、二人とも俺の方を見ていた。

いや、もしかしたら俺の方が凝視《ぎょうし》していたのかもしれない。

「俺らのことが気になるのか？」

その一人が気さくに話しかけてくれる。

「はい！　めちゃくちゃかっこいいです！」

この世界には鎧を着て、剣や杖を持っている人がいるのか。

そんなものを見て、興味を持たない男の子はいないはず。

小さい頃にごっこ遊びでよく木の枝を振り回していたのが懐かしい。

それもすぐにできなくなったが……

「ははは、そうか。よかったらここに座ったらどうだ？」

彼らは椅子を出してくれたが、俺は今料理運びを手伝っている最中だ。

振り返ると、すでに台の上にはたくさんの料理が置かれている。

「すみません。話はまた今度でお願いします。きっと美味しい料理なので、熱々のうちに食べてくださいね」

俺はすぐにその場を離れた。

お客さんであるなら、きっとまた来てくれるだろう。

そう考え、俺は次々に店主の男に言われた通りに料理を運んだ。

初めてアルバイトをする感覚だったが、何も気にせずに動ける体のおかげか、俺はその全てを楽しく感じた。

徐々に店内にはお客さんがいなくなり、いよいよ俺と店主の男だけになった。

「今日は助かった」

「いえいえ、こんなことですが、スープと服の恩返しになればと……」

「そうか……なら、もっとたくさん食べろよ」

そう言って男は、目の前にたくさんの料理を並べてくれる。

どれも俺が運びながら、食べてみたいと思っていた料理だ。

ずっとお腹の音が鳴っていたし、よだれも出そうになるが、俺は必死に止めていた。

「食べていいんですか？」

「ああ」

返答を聞くや否や手前にあった肉料理を口に入れて噛むと、じゅわっと肉汁が溢れ出してきた。

懐かしい。これが肉の味だ……でも、記憶にあるものより格段に美味しい。

久しぶりの味覚に、また泣きそうになってしまう。

「ははは、今、食べたな」

「へっ……⁉」

男は俺の方を見てニヤリと笑った。

「それじゃあ、今日の夜も働いてもらうからな」

「それって……」

「それで夜飯を食べたら、明日も働いてもらうからな」

どうやら俺は男に騙されたようだ。

生まれ変わった世界で最高の食事と最高の宿。

そして、最高の人に出会えたような気がした。

第一章　社畜、才能に目覚める

朝の日差しで俺は目を覚ました。

日差しを眩しいと思うことでさえも、瞼《まぶた》をしっかりと開ける力すらなかった俺は嬉しく感じる。

大きく体を伸ばしてからベッドを出ると、目の前に何かが浮いていることに気づいた。

顔を動かして別の方を見ても謎の半透明の板が視界の中心にある。

【デイリークエスト】
職業　ウェイター
料理を十品運ぶ（0／10）　報酬：ステータスポイント3

「デイリークエスト？」

よく見ると、そこには日本語で色々と書かれている。

デイリークエストが何かはわからない。ただ、内容的に手伝いをしろって言われているのはたしかなようだった。

働かざる者食うべからずって言うくらいだからな。

「でも、視界にずっとこれがあるのは邪魔だぞ」

消えてくれとジーッと眺めていると、半透明な板は消えた。

消えろと念じたら消えてくれるのはありがたい。

「おーい、小僧起きたか？」

下から俺を呼ぶ男の声が聞こえてきた。

昨日は、案内された二階の一室で寝た。

色々あって、働いてご飯を食べるだけで精一杯だった。

「起きてます！」

俺は返事をして一階に下りる。

一階では、すでに朝食の準備ができていた。

美味しそうな肉の匂いが、鼻をくすぐる。

「おいおい、よだれが出てるぞ」

おっと、美味しそうな匂いに無意識に反応してしまった。

俺は急いで口を拭いて椅子に座った。

「今日も店を手伝ってもらうから、まずはたくさん食べろよ」

「はい！　いただきます！」

俺は手を合わせて食事の前の挨拶をする。

そんな俺を興味深そうな顔で男は見ている。

「それはなんだ？」

「えーっと、食材と作った人に対してのお礼、みたいなものです」

なんだと問われると、曖昧な答えしか出てこない。

ただ、日本では幼い時から教えられるから、癖《くせ》になっているのだ。

「じゃあ、俺も――」

――パチン。

男は勢いよく手を合わせた。

「「いただきます！」」

まず、俺はスープを一口飲んだ。

「うんまっ！」

ついつい言葉が漏れ出てしまう。

本当にここの食事は美味しい。

「ははは、そんなに美味そうに食ってくれると、俺も嬉しいぞ」

男が俺の頭を軽く撫でてくる。その大きな手が、前世の父親を思い出させる。

俺が病気になってから、疲れた顔をしながらも病室に会いに来てくれていたっけな。

「そういえば、まだ自己紹介していなかったですね」

「ああ、そうだな。俺はバビットだ」

日本だと聞き馴染みのない名前を聞いたことで、知らない異世界に生まれ変わったのだと改めて思い知らされる。

「俺はケン――」

俺には健康が一番という理由で付けられた「健一《けんいち》」という名前がある。

ただ、男の名前を聞く限りここで健一は浮いてしまいそうだ。

「……俺はヴァイトって言います」

「おお、かっこいい名前だな」

健康そうな名前で浮かんだのが、看護師が朝に血圧とかを測りにくる時に言っていた、バイタルサインという言葉だ。

それをかっこよくアレンジしてみたつもりだが、どうやら違和感はないようだ。

「じゃあ、飯を食ったら、掃除から始めるか」

「わかりました！」

俺にとっては、掃除をするのは小学校低学年ぶりだ。

高学年になった時には、俺にとって掃除はかなり難しいものになってしまった。

バビットさんの指示のもと掃除をする。それだけで、俺はついつい笑ってしまう。

太陽の光を浴びて動けるだけで幸せだ。

「おう、昨日の坊主じゃないか！」

「あっ、昨日はありがとうございました」

「また今日も夜に行くからな。暇な時があったらこの先にある冒険者ギルドに来るといい。俺が剣を教えてやるからな」

店の前を掃除していたら、昨日ご飯を食べに来た男達が、そう言って歩いていった。

冒険者ギルドというところがあるのか。行ってみたいな。

でもその前に、今日の目標は十品運ぶことだからな。

掃除を終えた俺は店の中に戻り、テーブルを拭く。これで開店の準備は終わりらしい。

開店にギリギリ間に合った。

「よし、店を開けるぜ！」

早速、お店の営業が始まった。

開店するとすぐにお客さんが入ってくる。

この店は中々繁盛《はんじょう》しているようだ。

俺はバビットさんに言われたテーブルまで、ただひたすら料理を運んだ。

「ヴァイト、これも頼む！」

「あっ、今行きます！」


【デイリークエストをクリアしました】


突然声が聞こえてきたが、バビットさんが俺を呼んでいるから、それどころではない。

今はこの忙しい状況をどうにか乗り越えるしかない。

料理を十品運ぶなんて目標、あっという間に達成してしまった。

それだけ店は忙しく、バタバタしていた。

今までこれを一人でやっていたとすると、バビットさんは大変だっただろう。

健康な体で動きやすくなったが、まだ思春期ぐらいのこの体だと、忙《せわ》しなく動かないととてもじゃないが間に合わない。

孤児で、ちゃんとご飯を食べていなかった影響で成長が遅いのかもしれない、とバビットさんが昨日言っていた。

見た目の推定年齢からすると、もう少し体がしっかりしていて然るべきなのだろう。

そのあとも小さな体で必死に働くと、いつの間にか昼の営業は終わっていた。

「ははは、もっと食べて体力をつけないといけないな！」

疲れてテーブルに顔を伏せている俺を見て、バビットさんは笑う。

「体力って、中々簡単にはつかないですね」

「とりあえず食べて元気に動いて、たくさん寝ることだな」

その簡単なことすら、前世の俺はできなかった。

「はい……そうします」

「これから冒険者ギルドに行くんだろ？」

「あ、そうでした！」

冒険者ギルドに誘われたのを、バビットさんは見ていたのだろう。

忙しくて頭の中からすっかり抜けていた。

俺は急いで冒険者ギルドに向かうことにした。

「おお！　ここが冒険者ギルドか！」

冒険者ギルドは店を出てから、真っ直ぐ歩いていくと本当にあった。

わかりやすく町の中央に冒険者ギルドが位置しているようだ。

中に入ると鎧やローブを着た人、剣や弓などを持っている人ばかりだ。

改めて違う世界に生まれ変わったんだと感じる。

「ははは、坊主、やっと来たか！」

最初に声をかけてくれたのは、今朝の男だった。

「あっ、こんにちは！」

「ささ、訓練でも受けていけよ」

「えっ、そんな急には――」

「目は嘘をつけないからな」

俺は男に首根っこを掴まれると、そのまま冒険者ギルドの裏に連れて行かれた。

冒険者ギルドの裏には、訓練場が隣接しているようだ。

「とりあえずこれを持ってみろよ！」

男に渡されたのは、剣の形をした木の棒だった。

「おっとっと！」

手に持つと、思ったよりも重くて体が傾いてしまう。

「ははは、たくさん素振りをして力をつけないといけないな」

【デイリークエスト】
職業　剣士《けんし》
剣で十回素振りをする（0／10）　報酬：ステータスポイント3

冒険者の言葉に反応したのか、また目の前に半透明の板が出てきた。

今朝と違うのは、職業がウェイターから剣士になったことだ。

それは俺にしか見えていないようで、男は俺が変なところを見ているのが気になったのか、不思議そうな顔をしている。

「素振りは大事なんですか？」

「ああ、小さい頃の努力がこれからに関わってくるからな。俺は物心がついた時から剣を振っていたが、それが弓や槍のやつもいるぞ」

「なら、どうして俺に剣を？」

「小僧には剣の才能があると俺の直感が教えてくれたからだ」

何を見て判断したのかわからないが、男は俺に剣がうまく扱えそうだと思って声をかけてきたらしい。

男の直感を信じていいのだろうか。

「才能は人によって様々だからな。特に魔法は才能があるかどうかで使えるか否かが決まるぞ」

「え、魔法があるんですか⁉」

この世界に魔法が存在していると聞いて、俺の胸が高鳴る。

一度は見てみたいな。

「じゃあ、とりあえずその木剣《ぼっけん》を持って数回振ってみろ」

俺は言われた通りに木剣を持って大きく振り下ろしてみた。

俺にとってはかなり重いため、両手で持ってどうにか振り下ろせるレベルだ。

男が言うには、これでも片手で持つサイズで、両手剣というもう少し大きいものも存在するらしい。


【デイリークエストをクリアしました】


しばらく剣を振っていたら、デイリークエストをクリアした。

さっきは半透明な板の内容を見ていなかったが、よく見たら文字がいっぱい書かれている。

「ＳＴＲ……ＤＥＸ……？」

「ん、ステータスのことを言っているのか？」

「ステータス……ですか？」

「ああ、剣を振っていると力がつくだろ？　そうするとＳＴＲが上がっていくんだ」

俺にはデイリークエストで手に入れたポイントを割り振るように見えるが、他の人達は違うのか？

男の口振りでは、まるで行為に合わせて自然にポイントが割り振られていくように聞こえる。

「ステータスには他に何があるんですか？」

「力強さのＳＴＲ《ストレングス》、器用さのＤＥＸ《デクステリティ》の他に、丈夫さのＶＩＴ《バイタリティ》、素早さのＡＧＩ《アジリティ》、知力のＩＮＴ《インテリジェンス》、精神力のＭＮＤ《マインド》の六種類だ」

男は加えて、ステータスは水晶を使って確認できると教えてくれた。

だが俺は目の前の半透明な板で確認ができる。なぜか他の人達とは違うみたいだ。

俺が転生者であることが影響しているのだろうか。

ステータスを閉じるように念じると、半透明の板が目の前から消えた。

消せるなら出すのも簡単だろうと再び念じると、また目の前に現れる。

「冒険者になればその水晶を使わせてもらえるから、大きくなったら登録するといいぞ！」

ステータス確認用の水晶は、冒険者ギルドに置いてあるとのことだ。

俺はその後も素振りを続けた。


夜の営業を終えると、俺はバビットさんに呼ばれた。

俺はウェイターとして二日目の新米だし、何かミスをしてしまったのだろうか。

メニューもちゃんと覚えたし、テーブルも間違わずに運べていたはずだが……

「ヴァイトは、料理を覚える気はないか？」

「えっ？」

「思ったよりもヴァイトの記憶力がよかったから、料理を教えようと思ってな！」

ミスをしたわけではないみたいでよかった。

これも冒険者が言っていた、才能を感じたというやつなんだろうか。

「ひょっとして俺に料理の才能が――」

「ははは、自惚《うぬぼ》れんなよ」

笑って流されてしまった。

だが、せっかくの機会だと思い、俺は料理を教えてもらうことにした。

前世では、火の近くに行ったら危ないからと母親に言われて以来、手伝うことすらしなくなった。

早速調理場に行くと、またもあの半透明な板が現れた。

【デイリークエスト】
職業　料理人《りょうりにん》
料理を一品作る（0／1）　報酬：ステータスポイント3

ウェイター、剣士、その次に料理人と出てきた。

デイリークエストは一体どれだけ存在しているのだろうか。

「まずは簡単な野菜のオイルがけを教えるからな」

バビットさんはそう言って水を沸かし、その中に野菜を入れた。

野菜に火が通ると、水気を切って皿にのせる。

最後にオリーブオイルみたいな油をかけると完成みたいだ。

簡単に言えば、茹で野菜に近いのだろう。これはこれで美味しそうだが、野菜は新鮮に見えるし
サラダにすればいいのに……

「あのー、生野菜は食べないんですか？」

「生野菜なんて料理人がお客さんに提供するもんじゃないぞ」

どうやらそのまま出すという行為が、あまりよくないようだ。

「でもせっかく新鮮な野菜があるなら、そのままオイルとレモンをかけた方が美味しそうな気がします」

「そこまで言うなら作ってみろ！」

俺の生意気な提案に、少しイラついているバビットさんの横で、俺は野菜を洗って水気をしっかり切った。その後、皿に盛った生野菜にオイルと絞ったレモン、軽く塩を振ってみた。

使っている材料はほぼ同じで、茹で野菜か生野菜かの違いだ。


【デイリークエストをクリアしました】


こんな簡単なものでも、料理と認識されるらしい。

どこか怪しんだ目を向けているバビットさんは、フォークを持つと俺が作った料理を一口食べた。

怒っていてもちゃんと食べてくれるのだから、バビットさんは優しい。

「……美味しいんですね」

普通のサラダだが、バビットさんは美味しいという表情を隠せていなかった。

「自惚れんなよ。明日また作ってもらうからな」

それだけ言ってバビットさんは部屋に戻っていった。

俺は本当に優しい人に恵まれたのだろう。

その後片付けをしてから部屋に戻った俺は、半透明な板に触れる。

冒険者に言われたステータスがずっと気になっていた。

「力をつけたらSTRが上がっていくって言ってたよな……」

【ステータス】
名前　ヴァイト　ポイント9
STR10　DEX10　VIT10
AGI10　INT10　MND10

半透明の板には各ステータスの数字の下に上向きの矢印があり、名前の下にはポイント9と書いてあった。

全てのステータスが10なのは、何か理由があるのだろうか。

俺はとりあえずSTRの矢印に触れてみる。

「おっ、11になった！」

やはり、デイリークエストで獲得したポイントを割り振れるようになっているみたいだ。

デ・イ・リ・ーということは、また明日もあるだろう。

そうなると、効率よく動けた方が色々といい気がする。

それに今日一番の課題は、ウェイターとして料理を運ぶスピードが遅かったことだ。

それを少しでも改善した方がいいだろう。

「そうしたら、とりあえずAGIに振っておけばいいか」

残りの8ポイントを全てAGIに振ることにした。

これで少しは足が速くなって、料理を早く運べるといいな。

【ステータス】
名前　ヴァイト
STR11（+1）　DEX10　VIT10
AGI18（+8）　INT10　MND10

俺は半透明な板を閉じると、明日に備えてすぐに眠りにつくことにした。

第二章　社畜、やりたいことに溢れていた

朝起きると、やはり俺の目の前には半透明な板が出てきていた。ただ、昨日個別に出てきたものが、まとめて表示されている。

【デイリークエスト】
◆一般職《いっぱんしょく》
　職業　ウェイター
　　料理を十品以上運ぶ（0／10）　報酬：ステータスポイント3
◆戦闘職《せんとうしょく》
　職業　剣士
　　剣で十回素振りをする（0／10）　報酬：ステータスポイント3
◆生産職《せいさんしょく》
　職業　料理人

「一般職、戦闘職、生産職と分かれているのか」

内容自体に特に変化はない。毎日少しずつ経験を積んでいけということだろう。

この他にも、様々な職業が体験できるのか気になるところだ。

そもそも寝たきりだった俺は、自分が働く姿を想像したことがなかった。

「おはようございます……何かありましたか？」

着替えて一階に下りていくと、バビットさんが何か考えごとをしていた。

「いや、せっかくだからヴァイトが作った料理を出そうかどうしようかと」

バビットさんは、昨日俺が作ったサラダをメニュー化するか検討してくれているそうだ。昨日の態度から、怒らせてしまったと心配していたから、そうでなかったのならよかった。

美味しいものを提供したいが、料理人としては火を通していないものを出してもいいのか。

加えて生野菜のサラダを食べる文化がないと、お客さんも食べづらいかもしれない。

そんなところがバビットさんを悩ませているのだろう。

「あっ、それなら見習《みなら》い料理人のメニューとして出してみたらどうですか？」

俺は思いつきを提案してみた。

「バビットさんの料理じゃなくて、見習い料理人のメニューで試験的にということであれば、ひとまずチャレンジできるんじゃないでしょうか？」

「見習い料理人？」

「ああ、それならいけそうだな」

試しに食べてみようってなってくれればありがたい。

実際そこまで手が掛かってないから、準備は簡単だ。

「まずは知ってもらうために、おまけにしてみてはどうですか？」

日本で見たランチセットについているような、小皿に盛ったサラダをイメージして言ってみた。

見習い料理人のメニューという形でも、いきなりだと頼みづらいかもしれない。

「それでいこう！　ヴァイトは、掃除を終えたらその準備をしてくれ！」

「わかりました！」

俺はすぐに店内外の掃除をするために、ほうきを持って外に向かう。

昨日と比べて体が軽いのは気のせいだろうか。

オリジナルメニューを出せると思うと、俺はウキウキした。

昨日より早く掃除を終え、すぐに調理場に向かう。

「バビットさん、掃除終わりました！」

「ん？　もう終わったのか？」

「はい！」

別にサボったつもりはない。

早速準備をしようとサラダに使う皿を探す。

「大きい皿しかない……」

「そりゃー、みんな大食いだからな」

この世界には食事をシェアする文化がないらしく、基本的に一人一品食べるという。

スープの皿もラーメンを食べる器と同じぐらいの大きさだ。

「じゃあ、諦めた方がいいですね」

初めてお客さんに食べてもらえると喜んでいたが、計画はお皿の問題で呆気《あっけ》なく白紙になってしまった。

俺は少し残念に思いながら、椅子に腰掛けた。

掃除も早く終わって、開店するまでやることがない。

暇になった俺がバビットさんの作業をぼんやり見ていると、時折こちらをチラチラと見るバビットさんと目が合った。

「何か方法は……おい、ヴァイト！」

「どうしました？」

「肉料理の横に置くのはどうだ？　それなら味が混ざらないだろ？」

ひょっとしたら、俺が落ち込んでいるように見えたのだろうか。

バビットさんが提案してくれたのは、ステーキの付け合わせとしてサラダを提供することだった。

ステーキの味付けは香辛料のみのため、味が混ざることはほとんどない。

俺はすぐに調理場に行き、サラダをいつでも盛り付けられるように準備をした。

やっぱりバビットさんは優しい。


「いらっしゃいませ！」

「おっ、今日もちゃんと働いているな」

最初に店に訪れたのは、昨日剣を教えてくれた冒険者だった。

今日は仲間の冒険者と一緒だ。

「こいつは俺の弟子にする予定だからな。昨日から剣を教えているんだ」

冒険者の男は嬉しそうに仲間にそう話す。

俺はいつの間にかこの男の弟子になっていたようだ。

それを聞いて一緒に来た冒険者が近寄ってくる。

「何言ってるんです？　この子には魔法使いの才能がありますよ？」

ローブを着た男は俺を近くで見ると、そう言った。

「はぁん？　どう考えても剣士だろ」

「ちょっと手を貸してもらってもいいですか？」

「あっ、はい」

ローブの男に言われるまま手を差し出すと、彼は俺の手を握る。

いつも咲良が手を握ってくれていたことを思い出す。

その時みたいにどこか手が温かくて、ジンジンとしているような気がする。

忘れていた人の温もりを直接肌で感じた気分だ。

【デイリークエスト】
職業　魔法使い
精神統一《せいしんとういつ》を十分する（0／10）　報酬：ステータスポイント3

ただ手を握られていただけなのに、どういうわけかデイリークエストが出てきた。

これは、俺に魔法使いの才能があるってことだろうか。

「やっぱり……」

俺が半透明な板を見ていると、ローブを着た男は呟いた。

「何かありましたか？」

「君は魔法使いの才能もありますね！」

「えええええ！」

隣にいた冒険者が俺よりも驚いていた。

「いやいや、こいつは料理人になるぞ？」

俺が戻るのが遅かったからか、バビットさんがフロアに出てきた。

「いやいや、絶対剣士だろ！」

「せっかく魔法使いの才能があるなら、魔法使いになるべきです！」

なぜみんながこんなに言い合いをしているのか、俺にはわからなかった。

料理人をやりながら、剣士や魔法使いになってもいいだろうに。

「掛け持ちしたらいいんじゃないですか？」

もとの世界では転職やWワークはおかしなことではなかったような気がする。

「ヴァイトは知らないかもしれないが、大体才能は一つしかないし、その才能に合った職に就くのが当たり前なんだぞ？」

バビットさんの言うことが正しいなら、俺は少し異質な存在なのかもしれない。

そうなると、複数の才能を持っていることには自惚れてもいい気がする。

それと、ちゃっかりバビットさんは俺のことを料理人にすると言っていた。

サラダが美味しかったんだな。

バビットさんも入って、三人で俺をなんの職に就かせるか言い合いが始まった。

「ふふふ、嬉しいですけど、早く料理を作らないと、次のお客さんが待ってますよ？」

お客さん達がゾロゾロと来店してきた。

それでも言い合いしているバビットさんに俺は声をかける。

「おっ……おう」

冒険者達を椅子に座らせて、俺はバビットさんを調理場に連れて行った。

バビットさんもさすがに今の状況で言い合いをしている場合ではないとわかったのだろう。

すぐに料理を始め、俺は焼いた肉の隣に小さくサラダを置いて、オイルとレモンを混ぜたドレッシングを少しだけ垂らした。

そして、料理が完成したらすぐに運んでいく。

「これから成長して体も大きくなるだろうし、あいつは絶対優秀な剣士になるぞ」

「体が大きくても魔法使いはできます。そもそも魔法使いの才能があるのは一握りですよ！」

冒険者達は、未だに俺を剣士か魔法使いか、どちらにするかを話していた。

「お待たせしました」

「ん？　なんだこれは？」

「ああ、料理人見習いである自分が作ったんです」

俺の言葉に、冒険者達は二人してバビットさんを睨んだ。

一方のバビットさんは、厨房からこちらを見てニヤリと笑う。

「早く食べないとお肉が冷めちゃいますよ？」

「「ああ」」

どこかムスッとした顔で食べ始める冒険者達。ただ、サラダを食べた瞬間驚いた顔をした。

「なんだこれ……」

「料理人の才能もあるんですね……」

どうやら彼らにもサラダが受け入れられたみたいだ。

脂っぽい肉とさっぱりしたサラダは、相性がいいからね。

今日は、俺の料理をお客さんに初めて食べてもらった記念日になった。

昼の営業を終えると、俺の生活用品を整えるために、バビットさんとともに買い物に出かけた。

するとついでに町を案内してくれることになった。

「まずは入り口があそこだな」

一番初めに向かったのは、町の入り口だ。

そこには木で作られた門があり、その横には槍《やり》を持った男が立っている。

「おうバビット、外に行くのか？」

「いや、今日はこいつに町の中を案内しているんだ」

「おお、そうか。少年、外に出たかったら冒険者ギルドに登録してからだぞ」

そう言って、門番の男は冒険者ギルドの方を指さした。

町の入り口に立って正面を向くと、冒険者ギルドが見える。

まだこの世界のことを何も知らないが、町の中だけじゃなくて、外の世界も近いうちに見られるといいな。

「冒険者ギルドに登録してからまた来るといい！」

俺は少しだけでも外を覗こうとしたが、門番に止められた。

どうやら本当に冒険者ギルドに登録しないと外には出られないようだ。

それでも何度もチラチラと外を見ると、冒険者ギルドに登録しろとまた言われてしまった。

聞くと、バビットさんは冒険者登録していないらしい。

そういった人はどうやって外に出るのか、あとで聞いてみようかな。

門から右側に進むと、商店街のような通りが見えてきた。

「ここでは生活に必要なものを売っている」

服やカバンなどだけでなく、食材なども売っていた。

商店街は賑やかで活気に溢れている。

「バビット、その子はどうしたんだ？」

「ああ、俺の弟子にしようと思ってな！」

「ははは、それはよかったな」

バビットさんはお店の常連の人やいろんな人に声をかけられていた。

「門に近い方に肉や野菜のお店が固まっているのには理由があるんですか？」

俺は、歩いていて気になったことをバビットさんに聞いてみた。

「もし魔物が進行してきたら、ここで足止めができるからな」

稀に、お腹を空かせた魔物という生物が、町まで入ってきてしまうことがあるらしい。

その時にここで食い止めるために、入り口近くに食材関係のお店があるようだ。

町の作りが冒険者ギルドから門までが一直線になっているのも、魔物がそのまま突き進んでも冒険者ギルドに戦う人がいるから、とのことだ。

「ここから冒険者ギルドに近くなってくると、武器や防具とかが売られている店が増えてくる」

「うわー、こんなのも売っているんですね」

俺は展示してある剣や槍を外から見て、ワクワクする。

剣は短剣から長剣まで様々で、棒に鎖と鉄球が付いた変わった武器なども置いてあった。

「武器や防具は、基本的に冒険者ギルド所属のギルドカードがないと買えないからな」

「ギルドカード？」

「ああ、俺達は基本的にこういう、各ギルドに所属していることを示すカードを持ってるんだ」

バビットさんはそう言って、俺にカードを渡してきた。

そこには、商業ギルドカードと書かれている。

どうやら冒険者ギルドとは別のギルドも存在しているらしい。

「俺達みたいな飲食店や販売店をやっている人達は、商業ギルドに所属している。このカードは簡単に言えば身分証明書だな」

みんな何か仕事に就く時に、ギルドに所属して身分証明書を作ることになるのだそうだ。

「ひょっとして、このギルドって、弟子をとることと関係していたりするんですか？」

「ヴァイトは鋭いな。ギルドに弟子を紹介して登録させると、師匠も弟子も色々特典が受けられる。商業ギルドでは、税金が一部免除される特典だ」

「それは結構重要ですね」

商業ギルド側としても、登録者が増えれば働き手が増えるから、メリットがあるのだろう。

「一番特典が少ないのは冒険者ギルドだから、登録だけするなんてのは、やめておいた方がいいぞ」

冒険者にならないように、念入りに注意されてしまった。

ちなみに町の外に出る時は、冒険者を護衛に連れてギルド公認の馬車に乗れば、冒険者ギルドに登録していなくても特に問題なく出られるそうだ。

要は外に魔物がいるから、戦う手段がないやつは護衛をつけて行けということらしい。

「それで、ここが商業ギルドだな」

「えーっと……登録はまだしませんよ？」

「チッ！」

どうやらバビットさんは、俺を商業ギルドに連れてくるという裏目的のため、町の中を案内してくれていたようだ。

俺はこの数日でたくさんの才能を持っている可能性が出てきた。

せっかく健康な体を手に入れたのだし、急いで決めずに色々な職を体験したい。

だから、今はバビットさんの申し出は保留させてもらおう。

「せっかくだからあっちも紹介してやる」

バビットさんがそう言って、商店街の反対側を案内してくれることになった。

鉄を叩く音や慌ただしい声が聞こえてくる。

商店街では人の騒がしい声が多かったのに、ここでは工事現場のような音が聞こえてくる。

「こっちは生産者《せいさんしゃ》ギルドの管轄《かんかつ》のところになる」

辺りがうるさくて聞こえないと思ったのか、バビットさんが耳の近くで話しかけてくるため、耳がキーンとする。

それでも、活気ある音が聞こえてきてワクワクしてくる。

「ここは武器とか作るところですか？」

「ああ！　うるさいからすぐに移動するぞ！」

あまりの騒がしさに見学することもなく、バビットさんに連れられて早足で門まで戻ることになった。

これで町の紹介は概ね終わり。

門から右に商店街、左に生産街、中央に飲食店が並ぶ商業街。

その先には、各ギルドが町の中央にあり、その奥が住宅街になっている。

バビットさんの店に住まわせてもらっている俺は、宅配サービスでも始めない限りは、住宅街に行くことはなさそうだ。

「おう、少年おかえり！　それでどこのギルドに所属するかは決まったか？」

門に戻ると門番の男が声をかけてきた。

「んー、今のところは、色々と職業体験をして、やりたいこと探そうと思います」

「ああ、それがいいかもな！　ちなみに、門番は冒険者ギルドでランクを上げるか、王都にある教育機関を卒業するとなることができるぞ」

「おいおい、お前まで俺の弟子に仕事を薦《すす》めるのか！」

「ははは、少年には素晴らしい人生を過ごしてもらいたいからな！」

本当にこの町は優しい人で溢れている。

それにしても、俺って門番の才能もあるのかな？


夜の営業までやることがなかった俺は、戦闘職のデイリークエストのために、冒険者ギルドに足を運んだ。

新しく出た魔法使いのデイリークエストが、「精神統一」と聞いたことがない言葉のため、教えてもらうつもりだ。

「おう、坊主やっと来たか！」

「やっと来てくれましたね！」

冒険者ギルドに入ると、お店に来ていた冒険者二人が寄ってきた。

「おい、こいつは剣士にするんだ！」

「いや、この才能は魔法使いにしないと勿体ないです！」

二人はまたもや言い争いを始めてしまった。ただ、一緒にいるくらいだから、仲は悪くないのだろう。

むしろ、俺のせいで仲が悪くなってしまうのは勘弁してほしい。

「それで、今日はどっちの練習をするんだ？」

「もちろん、昨日は剣を振ったから今日は魔法――」

「いや、両方やろうかと思います！」

せっかくなら両方のデイリークエストをしておきたいし、木剣を持っていないから仕事後に剣士の分を行うことはできない。

そんな俺の言葉に二人はニヤリと笑った。

何かおかしなことを言っていただろうか。

「ほうほう、それなら問題ない。俺達の弟子ってことだからな」

「ええ、弟子が被ったらいけないこともないですからね」

二人は俺が冒険者ギルドに登録すると思っているのだろうか。

ちなみに、弟子が冒険者ギルドに所属すると、師匠は依頼料の増加と魔物の買取金額が増えるという特典があるらしい。

とりあえず言い争いは一段落したので、俺達は訓練場に向かった。

そこで早速、精神統一について聞くことにした。

と、その前に二人の名前を聞いたら、剣士がジェイド、魔法使いがエリックだと教えてくれた。

今まで俺を弟子にすることばかりに意識が向いて、自分達の名前を呼ばれていなかったことは気にならなかったらしい。

「それで、精神統一って何をすればいいですか？」

「あー、それは今日僕が手を握った時に感じた感覚を、思い出して再現すればいいんです」

あの時に感じたのは、ポカポカしてくる感覚だった。

「それが魔法の発動に必要な魔力《まりょく》っていうやつです。それを集めたり、全身に回したりするのが精神統一になります」

俺は言われた通りにさっきのポカポカしたものを意識してみると、なんとなくみぞおち付近が温かくなったような気がした。

なるほど。これが精神統一か。

ただ、ジーッとしながらやるのも時間がもったいない気がする。

「おい、どこに行くんだ？」

「いや、木剣を振りながらでもできそうな気がして」

「「へっ⁉」」

俺はそのまま木剣を握って素振りを始めた。

もちろん、ちゃんと精神統一することも忘れない。

元気な体を手に入れたんだから、頭と体を同時に動かさないともったいない。

効率重視だ。

しばらくすると、脳内に「デイリークエストをクリアしました」という声が聞こえた。

それにしても、この声の主は誰なんだろうか。

何はともあれこれで今日のデイリークエストは終わりだ。

「じゃあ、今日はこれだけにしておきますね！」

「えっ……」

「おい、ちょっと！」

俺は二人にそう告げて訓練場をあとにした。

チラリと振り返ると、なぜか二人は俺を見て唖然としていた。

◇　◇　◇

——コンコン！

「咲良、ご飯を置いておくね」

私は返事をする気力も残っていなかった。

それでもお腹が空いているから、お腹は鳴ってしまう。

扉を開けると、そこにはふんわりと湯気が漂うオムライスが置いてあった。

この前やっと兄の火葬《かそう》が終わり、日常が再び始まった。

それでも私達家族は、まだ兄の死を受け止められないでいる。

そのせいか、自然と兄の好物が出てくることが増えた。

私とお兄ちゃんが好きだったオムライス。

兄が元気だった頃は、ケチャップで楽しく絵を描いた。

兄はずっとご飯が食べられなかったのに、私だけ食べてもいいのだろうか。

そう思うと自然と食べる手が止まってしまう。

『こんな世界初めて！　君も一緒に冒険しよう！』

テレビから聞こえるコマーシャルが静かな部屋に響く。

「こんなおもちゃ、あっても意味なかったのよ！」

私は近くに置いてあったＶＲ機器を投げ捨てた。

兄と一緒に遊ぶために、頑張ってお金を貯めて買ったものだ。

新しく発売されたヘッドギア型のＶＲ機器をつけることで、誰でもゲームの中で走った感覚や食事を味わうことができる。

これでやっと一緒に遊べると思っていたのに……兄は私を置き去りにして逝ってしまった。

私が小学校中学年に上がった時には、すでにお兄ちゃんは寝たきりになっていた。

私がご飯を食べている時に、羨ましそうに見つめてくる瞳が印象的だった。

当の本人はそんなつもりはなかっただろう。でも、そんな兄の夢を叶えられると思ったのに、ゲームがリリースされる前に兄は亡くなってしまった。

大好きな兄が天国に逝っても楽しく遊べるようにと、今も写真と一緒にＶＲ機器を飾っている。

「お兄ちゃんは天国で元気に遊べているのかな……」

窓の外の空を見て、私は天国にいる兄が元気に過ごせているようにと願った。

第三章　社畜、職業体験が楽しい

翌朝目を覚ますと、昨日と同様にデイリークエストが書かれた半透明な板が浮いている。

内容は昨日と変わっていない。

俺は半透明な板を閉じると、ポイントを割り振ることにした。

昨日からデイリークエストが四つになったことで、一日に手に入るポイントが12に増えた。

ステータスと体の動きが関係するようなので、ここは慎重に決めた方がいいだろう。

「んー、とりあえず動きが速い方が時間を有効活用できるよな」

こうして転生できたのだから、この世界では前世でできなかったことを全てやっていきたいと思っている。

それを叶えるには、速く動けることが最優先だ。

【ステータス】
名前　ヴァイト

STR11　DEX10　VIT10
AGI30（＋12）　INT10　MND10

「よし、これで今日も楽しく頑張ろう！」

ここに住むためにウェイターとして店の仕事を手伝ってはいるが、職業を一つに定める気はない。

「ヴァイト起き――」

「あっ、起きましたよ！」

急いで一階に下りると、バビットさんは目をパチパチとさせていた。

そんなに高速で瞬きをして、目が疲れないのだろうか。

「お前……動きが速くなっていないか？」

「職業体験の成果ですね」

きっとステータスをＡＧＩに全て振っているからだろう。

移動が速くなれば、ウェイターとして、効率よく仕事できるようになるはずだ。

「あっ……ああ。職業体験って結構すごいんだな」

どうやらバビットさんはそれで納得したらしい。別に嘘は言っていないが。

俺は開店前の掃除を急いで終わらせると、早速サラダの準備を始めた。

「なぁ、ヴァイト？」

「なんですか？」

「お前にはやっぱり、料理人の才能があると思うぞ」

「昨日も言ってましたね」

今日も俺を料理人として誘いたいのだろうか。

俺としては自分の可能性を広げたいし、やりたいことだっていっぱいある。

「その才能は、ここではもったいない気がする」

「えっ……ここから追い出すんですか⁉」

まさかのバビットさんの言葉に俺は戸惑う。正直、そんなことを言われるとは思わなかった。

ここから追い出されたら住む場所もないし、この世界のことをあまり知らない俺は路頭《ろとう》に迷ってしまうだろう。

昨日町の中を歩いて回ったが、浮浪者《ふろうしゃ》の姿はどこにもなかったから、ホームレスになっても屋外で拠点とできる場所がなさそうだ。

「いやいや、追い出しはしない。ただ、ここに縛りつけるんじゃなくて、本当にヴァイトのために、もっと大きなお店で料理を学んだ方がいいと思ってな」

どうやら俺を追い出すためではなく、応援してくれてた言葉だったようだ。

「休憩や暇な時間に違う職場体験をしてくるので大丈夫ですよ」

「あー、そうか」

ありがたい提案だが、よくしてくれたバビットさんのもとでの料理人やウェイターをやめるつもりはない。

バビットさんは不思議なものを見たかのような顔をして、何か一人でぼやいていたが、俺の耳には届かなかった。

営業の準備を終えた俺は、営業開始までまだまだ時間があるので、冒険者ギルドに向かうことにした。

隙間時間があるなら、その間に剣士と魔法使いのデイリークエストを終わらせた方が効率がいいと思ったからだ。

「こんにちは！」

冒険者ギルドの中に入って、ジェイドさんとエリックさんを捜す。

どこかにいるかと思ったが見当たらない。

俺は近くにいた職員に声をかけた。

「ジェイドさんとエリックさんはどこにいますか？」

「えーっと、二人なら依頼に行っていますよ」

いつもは昼過ぎに来ていたから知らなかったが、冒険者は朝のうちに町の外に依頼へ出かける人が大半らしい。

「あー、それじゃあ、訓練場って使えたりしますか？」

冒険者である師匠がいなくても、訓練場は使えるのだろうか。

「あっ……訓練場は冒険者ギルドに登録した方か、師匠に付き添ってもらっている弟子の人しか使えない決まりになっています」

俺だけでは訓練場は使えないか。無駄足になってしまった。

これからはお昼の営業が終わったタイミングで来るようにしないといけないな。

「それじゃあ、忙しいからごめんね」

どうしようか迷っていると、職員達がバタバタと忙しなく働いている姿が目に入った。

冒険者ギルドの職員は依頼の張り出し、依頼の受理、その他依頼についての説明が主な仕事のようだ。

職場体験でもしようかと思ったが、忙しそうにしているため声もかけづらい。

仕事の邪魔になると思った俺は、何もせず冒険者ギルドを出ることにした。

「んっ……あれは何をやっているんだ？」

冒険者ギルドから出ると、訓練場の近くの小屋で何かをやっている人がいた。

何をやっているか気になった俺は、わずかに顔を突っ込んで小屋の中を覗いた。

「ははは、これは大物だな」

そこには、血だらけで大きな出刃包丁《でばぼうちょう》を持って、ニヤリと笑う男がいた。

俺は見てはいけないものを見てしまったと思い、すぐにその場を離れることにした。

——ジャリ！

「誰だ!?」

俺は焦るあまり、地面を強く蹴って音を立ててしまった。

「しゅ……しゅみません！」

すぐに頭を下げて謝ると、身長が百八十センチメートルは余裕で超えるスキンヘッドの大柄な男が近づいてきた。

ああ、俺の人生はここで終わりなんだろうか。

まだ転生してから三日しか経っていないのに……

「よう、こんなところでどうしたんだ？」

男の外見は、病室のテレビで見たヤクザと同じだ。明らかに関わってはいけない人だと、全細胞が叫んでいる。

「ご迷惑おかけして——」

俺は急いで逃げようとしたが、男の動きの方が速かった。

あっという間に服を掴まれて、逃げようにも逃げられない状況になってしまった。

「まぁ、せっかく来たんだから見ていけばいい」

「見る……？」

それは、殺人現場《さつじんげんば》を見ろということだろうか。

今も奥のテーブルから、血がポタポタと垂れている。

それに気づいたのか、男は何かを唱えた。

「クリーン！」

すると血だらけだったのが嘘のように、男の服が綺麗になった。

白いTシャツにも血痕《けっこん》が全くない。

「あれ？　何がどうなってるんだ？」

「ははは、生活魔法《せいかつまほう》を知らないのか。これは服を綺麗にする魔法だ」

そう言って、男は俺にも魔法をかけてくれた。

まるで全身をお風呂で洗ったかのような爽快感。そして、服からは天日干しの匂い。

初めて魔法を見たが、こんなに便利な魔法があるのかと興味が湧いた。

「感情は隠せないようだな」

男は俺の表情を見てから、そう声をかけてきた。

「あっ、いや人殺しには興味ないです！」

興味があるのは魔法だけだ。ここはハッキリ言わないとダメなような気がした。

このままでは悪の道に連れていかれそうだしな。

だが、男は俺の言葉を聞いて声を上げて笑いだした。

「ははは、血がついていたら勘違いするか。ちょっとこっちに来い」

「うぇ⁉」

俺は男に担《かつ》がれ、小屋の中に連れ込まれた。

これは完璧《かんぺき》に監禁事件《かんきんじけん》になるやつだ。

「助けてくれええええええ！」

俺は必死に助けを求めたが、男はクスクスと笑っている。

こんなに冒険者ギルドから近いところなのに、なんで誰も助けてくれないのだろうか。

職員が忙しいのはわかっているが、子どもの助けを求める声には反応してもらいたい。

「俺はこいつをここで解体しているんだ」

「解体……？」

まさか人間を解体しているのだろうか。

気になってゆっくりと目を開けると、大きなトカゲがテーブルの上に乗っていた。

これはこれでグロテスクなので、なんとも言えない。

【デイリークエスト】
職業　解体士《かいたいし》
魔物の解体を一体する（0／1）　報酬：ステータスポイント3

こんな状況でもデイリークエストが出たということは、俺にはこのアブない仕事の才能があるということになる……のだろう。

それに職業欄には解体士と書かれているぐらいだから、これはちゃんとした職業扱いになっているようだ。

だが、俺が解体などできるはずがない。今まで魚すら捌《さば》いたこともないからな。

俺はとりあえず男の肩から下ろしてもらい、目の前にいるトカゲが何かを聞くことにした。

「この大きなやつってなんですか？」

「ああ、こいつはスナオオトカゲって言って、よくいる魔物だ」

俺は初めて見る魔物に驚き、同時に一般の人が町の外に出たらいけない理由がわかった。

こんな大きなトカゲに遭遇《そうぐう》したら、生きて帰ってこられる自信なんかない。

腕を噛まれたら千切れちゃいそうだ。

「さすがに、町のすぐ近くでは出てこないからな？」

その言葉を聞いて安心した。

「この辺は弱いやつばかりだから、安心しろ」

そう言って男は、カゴから角が生えたウサギを取り出した。

角が大きいため、戦う相手としては強そうだ。

もし胸を刺されたら、即死しそうなほど角は長く尖っている。

見た目や大きさは違っても、魔物の時点で危ない生物という認識が正しいのだろう。

「これぐらいなら、お前さんでも解体できるだろう？」

男はそう言って、角が生えたウサギの解体方法を説明しながら実際にやり始めた。

まずはウサギを逆さまに吊るして血抜きをしてから、皮を剥《は》ぐ。

目の前でウサギが捌かれる状況に、俺は気持ち悪くなりそうだ。

次に、角と肉が売れる部分となるため、角を根本から丁寧に取り除き、腹を切って内臓を取り出していく。

そして最後に、角と肉を魔法で綺麗にしたら終了らしい。

「こいつの皮は使えないから、角と肉が取れさえすれば問題ない」

売っている時もウサギの形が残ったままで売っているらしい。

小さい頃に見たら絶対にトラウマになるレベルだろう。

それにウサギが可愛い生き物だと認識しているため、俺には残酷なことをしているように感じられる。

「やってみるか？」

「いや、遠慮《えんりょ》しておきます」

「あー、そうか。解体士になりたいやつは中々いないからな」

解体士は後継者不足に困っているらしい。うん、納得だ。

男はチラチラとこっちを見ては、大きなため息をついて悲しそうな顔をしている。

生活に必要な職業ではあるが、普通に考えたら請《う》け負《お》いたくない仕事だ。

俺が断ったため、男は少し寂しそうにウサギの解体を再開した。

その姿が、大変な仕事でも家の中では文句の一つも言わなかった父の後ろ姿に重なる。

「角を取るぐらいなら手伝いますよ？」

さすがに可哀想《かわいそう》だと思った俺は、少しなら手伝うと申し出た。ただ、思ったよりも解体士の仕事が大変だと知ることになった。

まず、渡された出刃包丁が想像以上に重たい。

それに問題なのは、ウサギの角がついている部分だ。

頭から突き出たように生えている角は、根本に勢いよく刃を当てないと切り落とせない。

俺の力では全く角を切ることができず、結局後ろから男に手を握ってもらい、やっと切ることができた。


【デイリークエストをクリアしました】


角を切っただけだが、解体したことになるようだ。

俺は教えてもらっている立場で、尚且つ何もできずに邪魔ばかりしてしまっている。

それでも、男はどこか嬉しそうな顔をしていた。

俺は男にお礼を伝えて店に戻ることにした。

帰り際にまた遊びに来いと言われたが、あんなところに子どもが一人で出入りしてもいいのだろうか。

そう思いながらも、新しい職場体験を通して、誰もやりたくない仕事でも、世間では必要な仕事があることを知れた。

昼の営業に間に合うように戻ると、なぜか冒険者達がすでに並んでいた。

お店の中にはまだ人はおらず、バビットさんが開店の準備を進めている。

「すみません。遅れましたか？」

「いや、単に腹を空かせた冒険者達が並んでいるだけだ」

「中に案内して注文だけ聞いておいた方がいいですよね？」

「ああ、仕込みももう終わるから、そうしてくれると助かる」

俺は店の看板を立てかけて、外に並んでいた冒険者を中に入れた。

その中にはジェイドさんとエリックさんもいた。

二人とも依頼の帰りなんだろう。

「今日も店は忙しくなりそうですね」

「冒険者ばかりが来ているけどな」

冒険者達がこれだけ一度に集まって来店するのは初めてで、普段はまばらに来る。

みんな同じ時間に帰ってくる理由でもあったのだろうか。

「注文は何にしますか？」

俺は早速席に着いたジェイドさんとエリックさんの注文を取る。

「あー、俺はいつもの肉盛りに、ヴァイトが作ったサラダを頼む」

「僕も同じやつでお願いします」

二人は付け合わせのサラダを気に入ってくれたみたいだ。

他のお客さんの中にも、サラダを多めに食べたい人がいるぐらい人気になってきた。

「バビットさん、肉盛りとサラダが二人前入りました」

「おう！」

バビットさんに注文を伝え、俺はすぐにサラダの準備を始めた。

ＡＧＩにステータスポイントを振ったおかげか、昨日よりもさらに速く動ける。

我ながら、ポイントの振り方は間違えていない気がする。

「肉盛りとサラダ持っていきますね」

「おっ……おう！」

俺が速く動きすぎる影響か、バビットさんが普段より急いで料理を作っている。

「魔物がなぜこんなに増えたんだ？」

お客さんから、何か魔物について話している声が聞こえてきた。

俺は少し速度を緩めて、冒険者達の話に耳を傾ける。

「スタンピードではないはずだぞ」

「それなら、単純に魔物の数が急に増えたということか」

「俺達もしばらくは魔物討伐を続けないといけないな」

聞こえてくるのは、どこの魔物を倒したのか、何が出てきたのか、という話ばかりだ。

「あっ、ヴァイト、ちょっといいか？」

ジェイドさんに呼ばれた俺は、すぐに彼のもとに向かった。

「追加のご注文ですか？」

「いや、このあとの予定だが、しばらくは一人で訓練できるか？」

「あ、今日お昼前に冒険者ギルドに行ったら、職員の人に冒険者がいないと使えないと言われましたよ」

俺がお昼前に冒険者ギルドに行ったことを伝えると、二人はびっくりした顔をした。

「いやー、ヴァイトがそこまで冒険者になりたがっているとは思わなかったぞ」

「僕も、ヴァイトは料理人を目指しているのかと……」

バビットさんの仕事を手伝っているから、料理人になると思われても仕方ない。

俺としては、いくつも掛け持ちして、好きな時に好きなだけ働きたいのだが、やはりそうはいかないのだろうか。

「ちょうど時間が空いたので、今のうちに職業体験をしておこうと思って行っただけで……」

「あー、自ら険しい道に首を突っ込むのか」

「料理人にウェイター……冒険者修行に――」

「それと、今日は魔物の解体も見に行きました」

「「はぁー」」

二人のため息が重なった。どこか呆れた顔をしている。

「とりあえずヴァイトが来たら、一人でも訓練場を使えるようにギルドには伝えておく」

「ありがとうございます！」

「僕達はこれを食べたら、また外に依頼に出るから、教えられなくてごめんね」

疲れた顔をしている二人は、それでも笑顔でそう言ってくれた。

俺よりも二人の方が忙しそうだ。

それにしても、一人で訓練場を使えたら、時間をもっと有効活用できるな。

次は生産街で何か職業体験を探してみようかな。

武器や防具を作る生産街はさっと通っただけで、まだちゃんと見ていない。

前世では、工場見学などの校外実習には参加できなかった。

階段は登れないし、車椅子をずっと押してもらうわけにもいかないからだ。

そのせいもあってか、一度だけでもいいから、何かを生産するところを直接見学したいと思っていた。

俺はそのあとも人一倍速く動いて、無事に昼の営業を終えた。


夜の営業まで時間があった俺は、急いで冒険者ギルドの訓練場に向かった。

ジェイドさん達はちゃんと職員に伝えてくれており、名乗ったらすぐに訓練場を使わせてくれた。

チラッと小屋が見えたが、解体士の男は山のように積まれた魔物を捌いていた。

やはりお店で冒険者が話していたように魔物が増えたことが影響しているのだろう。

俺は訓練場に着くと、すぐに精神統一をしながら剣の素振りをした。

効率重視にするなら、一緒にやるのが一番いい。

「まだ時間があるから、生産街を見に行ってみようかな」

夜の営業までの余った時間で生産街の見学に行くことにした。

ここでも時間短縮のために、走って移動することは忘れない。

「やっぱり、元気に動ける体はいいね」

風を全身に浴びて走るのは心地いい。

生産街に近づくと、鉄を叩くような音が外にまで響いてきた。

俺は音を頼りに武器を作っているであろうお店を探す。

外からでもチラッと中が見えるため、中を窺《うかが》いながら俺は歩く。

「あそこにいるのは小人かな？」

とある建物の中を覗くと、俺とそこまで身長が変わらないおじさんが作業をしていた。

鉄を叩く音が響くのは、おじさんが金床《かなとこ》に何かを置いて、ハンマーで叩いているからだ。

小さい体なのに、その強い力はどこから出ているのだろうか。

「明日も見にこようかな！」

そんな様子を眺めていると、夜の営業時間に近くなったため、店に戻ることにした。

第四章　社畜、新しいことに挑戦する

デイリークエストで解体士が増えたことにより一日に得られるステータスポイントが15になった。
いつものようにステータスのポイントを振っていると、隣のページが存在していることに気づいた。

【職業】
◆一般職
ウェイター3
◆戦闘職
剣士3　魔法使い2
◆生産職
料理人3　解体士1

各職業の下に数字が書かれている。

デイリークエストをクリアした数なのか、それとも別に意味があるのだろうか。

んー、この謎のシステムは俺だけなのだろうか。ジェイドさんに聞きたいところだけど、ステータスは冒険者ギルドで見るものらしいから、俺以外の人にはデイリークエストなんてないだろう。

ちなみに今日の割り振りはこんな感じだ。

【ステータス】
名前　ヴァイト
STR16（＋5）　DEX15（＋5）　VIT10
AGI35（＋5）　INT10　MND10

解体士には思ったよりも力と器用さが必要だと思い、STRとDEXにもポイントを振っておいた。

器用さは問題ないと思うが、力を急に上げすぎると、制御できずにものを壊しそうな気がする。

実際に急いで掃除しようとしたら、ほうきがミシミシ鳴り、料理の仕込みも気をつけながらやる羽目になった。

「おはようございます」

訓練場も無事に一人で使えることになったため、開店前の空いている時間は冒険者ギルドに向かった。

冒険者ギルドに着くと、中はとてもバタバタとしていた。

これも魔物が増えた影響だろう。

俺は忙しく働いているギルド職員達に挨拶を済ませると、すぐに訓練場でデイリークエストをクリアして解体小屋に向かった。

「今日も来たのか！」

「昨日よりは角をうまく取れると思いますよ」

「おお、それは楽しみだな」

俺は小屋に入るとすぐに作業を始める。

今日もウサギに生えている角を取る作業をするが、少しステータスを上げた程度ではまだ一人で取ることはできなかった。

解体士の男は落ち込まなくてもいいと言っていたが、これがプロと見習いの差なんだろう。

それでもなんとか無事にデイリークエストを終わらせた俺は、急いで店に戻った。

バビットさんはまだ仕込みを続けている。

もう少し時間がありそうなので、俺は新メニューを考えてみることにした。

「あの、持ち運びできる料理ってありますか？」

まずは情報収集のため、俺は店を出て通りに並ぶ店にそう聞いて回る。

「そんなのはここにないぞ」

聞いた限りだと、どのお店にもテイクアウトは存在していなかった。

なぜこんなことを聞いたかというと、一旦お昼になったら冒険者達が帰ってくるのが気になっていたからだ。

冒険者の数が急に増えることもないため、今のような状況だと一日中依頼をこなさないといけない。

昼に帰ってきてまた外に出たら、時間の効率が悪いだろう。

だからといって、昼食も食べずに仕事をしていたら、仕事の効率も悪い。

そこで思いついたのがお弁当だ。

簡単に食べられるものがあれば、昼の営業も少しは楽になるし、冒険者達の作業効率もよくなる。

それだけで、有意義に時間を過ごせるようになるのではないだろうか。

たしか、パンは商店街で売っていたはずだ。

俺は店に一度戻り、新メニューの開発のためにバビットさんから少しだけお金を受け取り、パンを買いに出た。

もちろん、移動は全て走ることを忘れない。

「二つで五十ルピだ」

いざ買いに来たのはいいが、問題が起きた。

五十ルピと言われたが、お金の単位と硬貨の価値がわからない。

日本円みたいに、数字が書いてあるわけでもない。

バビットさんにもらったお金を小さな袋から取り出すが、どれを渡していいのかわからない。

「ひょっとして、一人で買い物に来たことがないのかね？」

声をかけてくれたのは、優しそうなお婆さんだった。

俺が戸惑っていたのが目に入ったのだろう。

袋に入っていたお金を見せると、代わりにお婆さんが出してくれた。

「五十ルピ、ちょうど受け取ったぜ」

銅貨五枚が五十ルピか。

日本円でいう十円みたいな扱いなのかな。

「よかったら、お礼に荷物を運びましょうか？」

俺はお婆さんに声をかけた。

「それは助かるわね」

商店街での買い物のあとなのか、お婆さんはたくさんの荷物を持っていた。

家まで荷物を運ぶ道中、お金について説明してもらった。

銅貨が一枚十ルピ、銀貨が百ルピ、金貨が千ルピとなっているそうだ。

それ以下の硬貨はなく、パンをもし一つだけ買うと二十五ルピだが、三十ルピ分の銅貨三枚を支払わないといけないらしい。

五ルピ分は返ってこないため、気をつけた方がいいと教えてくれた。

「ここが住宅街か……」

「なんだ、来たことないのかね？」

「家が商業街にあるので……」

「あー、それならそういうこともあるかもね」

初めて住宅街に来たが、ちょっとした集合住宅街のようになっている。

そんな中、お婆さんは大きめの一軒家に住んでいるようだ。

たくさんの植物が植えてあり、植物園のように感じる。きっと裕福なのだろう。

俺は荷物を玄関に置き、急いで店に戻ることにした。

「ちょっとお茶でも――」

お婆さんが声をかけてくれたが、軽く断ってそのまま店に向かった。

時間は無駄にはできないからね。


店に戻ると、冒険者達が長蛇の列になっていた。

いつの間にか昼の営業時間が迫っていたので、俺はパンを厨房に置いてすぐに準備する。

営業を始めると、いつものように大盛況だ。

「今日もうまかったぞー！」

「今度はゆっくり食っていけよ！」

「ありがとうございます！」

冒険者達はみんな急いで食べて、すぐに依頼へ戻っていく。

聞いた話では、ここ最近は普段の二倍から三倍の量の依頼をこなしているらしい。

本当に持ち運びできるお弁当が必要だな。

昼の休憩になったタイミングで、俺は早速新メニューをバビットさんに提案した。

名付けて「肉パン」だ。

反応としてはまた料理人らしくないものを考えたなという表情をされた。ただ、バビットさんからは好評だった。

作り方はサラダに使う野菜と、肉盛りの肉をパンに挟んで、少し甘辛いタレをかけるだけだ。

本当に一瞬で作ることができ、材料もパン以外は普段使っているものと変わらない。

味もよく、片手で食べられるため、外でも簡単に食べられるだろう。しかし、問題はどうやって持ち運ぶかだ。

冒険者は激しく動く職業だ。

そんな人達が、タレのかかったパンを崩さずに持ち運ぶことができるだろうか。

アイデアとしてはよかったが、改善ポイントはたくさんある。引き続きこれは考えよう。

昼の休憩で余った時間は、生産街に顔を出すことにした。

「生産街に行ってきます！」

昨日は気づかなかったが、生産街には鍋などの日用品を作る工房やアクセサリーを作っているところがあった。

それでも、やはり武器を作っている工房が気になる。

武器を作る工程も気になってはいるが、それと同時に小人のことが頭から離れなかった。

生産街の武器と防具職人でしか小人を見かけない。

背丈は俺とあまり変わらないのに、なぜあれだけの力があるのか不思議だ。

解体士のためにも、どうやって力がつくのかできれば教えてもらいたい。

俺は昨日と同じ店の中を覗いたが、今日は小人はいないようだ。

「おい、昨日からワシの工房を覗いているのはお前か！」

声がする方に目を向けると、ハンマーを持った小人が立っていた。

ひょっとして昨日から怪しまれていたのだろうか。

小人はハンマーを持ったまま近づいてくる。

この世界に来て二度目のピンチが、こんなにすぐに来るとは思いもしなかった。

「すみません。小人さんが気になって覗いていました」

ここは正直に、そして自分が悪いと思ったらすぐに謝った方がいい。

母親が幼い時によく言っていたことが、やっとわかったような気がする。

俺は病気になってから、家族としか過ごしていなかったから、そんなことに気づける環境がなかったからな。

「ワワワワッ、ワッシのことが気になっていたとは、どういうことだ⁉」

なぜか小人はあたふたしている。

「さすがに未成年だしな……いや、むしろ男なのがな……いや、男だからダメって決めつけるのもダメだ。エルフにもそういうやつがいるからな」

小人はどこか嬉しそうだが、何やらぶつくさ言って、頭を抱えながら考えごとをしている。

何か閃《ひらめ》いては再び考えごとをして、とにかく表情が豊かで見ていて飽きない。

「よかったら、中を見せてもらってもいいですか？」

「んっ？　工房の中か？」

俺が頷くと、小人は特に気にせず中を見る許可をくれた。

こんな簡単に見せてもらえると思わず、嬉しくてつい小人の手を握ると小人はなぜかビクッとしていた。

ＳＴＲを上げた影響で強く握ってしまったのだろうか。

中は想像した通りの鍛冶場《かじば》だった。

溶解炉《ようかいろ》と金床の近くには、型取り具や道具が並んでいる。

冷却装置《れいきゃくそうち》の隣には、作ったばかりの武器が置いてある。

その様子を見て、俺は興奮が収まらなかった。

「あのー、別に付き合ってやらんわけでもないが、さすがに――」

「えっ、武器の作り方を教えてくれるんですか？」

小人からの提案に、思わず食い気味に反応してしまう。

「えっ⁉」

「ん？」

なぜか謎の空気感が流れてしまった。

【デイリークエスト】
職業　武器職人《ぶきしょくにん》
武器を一回作る（0／1）　報酬：ステータスポイント3

デイリークエストが表示されたということは、職業体験が可能ってことだろう。

俺は半透明の板をすぐに消したが、小人は何度も瞼をパチパチと瞬きをしていた。

ひょっとしたら小人にも見えているのかもしれない。

そう思ってもう一度半透明の板を出したが、ただ瞬きが多いだけみたいだ。

「あのー……」

「はぁー、なんだワシの勘違いだったか。安心したわ！」

「勘違いって……やっぱり教えてもらえないんですか？」

「ああ、武器の作り方だよな？　それぐらいならいいぞ」

そう言って小人は椅子に座ると、鉄をハンマーで叩き出した。

俺はそれを離れたところから見ていた。

「いやいや、あれは勘違いだぞ。可愛い顔しているからって一度もモテたことないワシが調子に乗ったらダメだ。そもそも男に好かれても嬉しくないからな。嬉しくないが、ワシだって人生で一回は告白されてみたいだろ。そもそも、この国に小人《ドワーフ》がいないのが問題だ。生産者ギルドに依頼されて来たけど、未だに後継者が現れ……」

何かずっと小さな声で独り言を言う変わり者の小人のようだ。

ひょっとしたら、それが武器職人の一歩なのかもしれない。

「あのー、鉄が変な風に曲がってますが……」

武器にする前に一度鉄を叩いて、ふにゃふにゃにするのだろうか。

声をかけてみると、小人と目が合った。

やっぱり作業中に声をかけるのはまずかったのだろうか。

「後継者がここにいた！」

「すみません！」

今のどこに後継者になれる要素があったのかわからないが、俺はすぐに謝った。

「武器工房に来たのに、後継者になりたくないとはどういうことだ。ひょっとしたら、ワシが使っているこの工房が嫌ってことか？　それならワシはどうすればいいんだ。誰か他の後継者を探せばいいってことか？」

どこか落ち込んでいる様子の小人は、再びハンマーで鉄を叩きながら独り言を言っている。

「あのー、よかったら鉄を叩いてもいいですか？」

俺は恐る恐る聞いてみる。

「ワワワワッシに急に近づくなよ」

小人は驚いて、急に立ち上がった。

「すみません」

職人気質っていうのは、こういう性格の人を言うのだろう。

「そんな子犬のような瞳に見つめられたら、ドキドキするだろ……」

「え、それってどういう意味……」

「ほら、やってみろ！」

どこかぶっきらぼうにハンマーを渡された。

よくわからないことも言われたし、そんなに話しかけたのがまずかったのだろうか。

小人からハンマーを受け取ると、やはり重かった。

木剣の時も出刃包丁の時も思ったが、この世界の道具って結構重たい。

剣士の職業体験はしているが、ひょっとしたら本物の剣なんて持てないかもしれない。

「あのー、後ろから支えてもらってもいいですか？」

「うぇ!?」

俺がそう尋ねると、小人は驚いてその場で尻餅をついてしまった。

そこまで驚かすことは言っていないはずだが……

「ダメですか？」

「いや、体が小さいから、仕方ないな」

俺が椅子に座ると、くっつくように後ろに小人が座った。

お互いに体が小さいため、椅子に余裕で二人は座れる。

「これが噂のカップル座りってやつか。いや、こいつは男だ……女じゃない。いい匂いをしている可愛い男だ。ああ、こんなやつに惑わされるな。頑張れ童貞《どうてい》ドワーフ」

後ろで何かおまじないのようなことを呟いている。

さっきも小さな声でずっと何かを言っていたからな。

きっとうまく叩くコツなんだろう。

俺もそれを見習うことにした。

「どうかいい武器になりますように。強い武器になってたくさんの人を守れますように」

「くはっ!?　なんて純粋なんだ」

なぜか悶えている小人。

本当に小人って変わり者なんだな。

俺は小人にハンマーを支えてもらいながら、数回鉄を叩いてみた。

武器としての形にはなってはいないが、頭の中ではデイリークエストのクリアの声がした。

それにしても、速いリズムの心音が背中から聞こえてくる。

「ああ、動悸《どうき》がやばい。これは初恋か？　ワシはどうしたらいいんだ……」

呟きに少し怖くなって、デイリークエストを終えた俺は、小人に挨拶を済ませると、すぐに店に帰ることにした。


「ただいま！　小人に会ってきました！」

バビットさんに小人のことを聞くと、ドワーフという種族だと教えてくれた。

この世界には、俺達人族以外には、ドワーフ族、エルフ族、獣人族《じゅうじんぞく》、魔族《まぞく》と様々な種族が存在している。

それぞれ見た目の違いや、職業適性が異なっているらしい。

その中で、ドワーフ族は生産職に長けている人が多いそうだ。

せっかくこの世界に来たなら、たくさんの種族に会ってみるのもいいな。

エルフとか獣人って、名前からしてかっこよさそうだしね。

夜の営業を終えた俺とバビットさんは、改めて新メニューについて話し合うことにした。

竹のような植物が存在するらしく、それが容器の代わりになりそうだ。

それでもタレが少しでも漏れないように対策する必要が残っている。

「タレがもう少し固形のようなジュレになったらいいんだけどな……」

俺の中ではポン酢ジュレのようなものを想像していた。

うまくものを飲み込めない俺にとって、トロミがついた調味料は馴染みがあったが、この世界にゼラチンや寒天《かんてん》は存在しているのだろうか。

「それならスライムゼリーを使ってみたらどうだ」

バビットさんの口から、またよくわからない言葉が出てきた。

スライムってゲームの広告に出てきたあの顔の付いた丸いやつだろうか。

この世界にはスライムがいるのか？

もしいたら仲よくなってみたい。

あわよくば一緒に職業体験をする仲間にしてもよさそうだ。

「スライムゼリーってなんですか？」

「ああ、魔物のスライムから採れる核《かく》を粉状に加工したやつなんだが、水とかに混ぜると固くなるんだ」

バビットさんはそう言って、引き出しから少し青色がついた粉を取り出した。

水の中に入れて、かき混ぜると水にトロミがついていく。

青色の粉だったが、水の色が変わることはなかった。

これは基本的に、薬師《くすし》が老人の薬を作る時に使うことが多いらしい。

もちろん食べても問題はないが、料理に使うことはほとんどないとか。

本当に前世のトロミ剤のような役割をしていた。

早速スライムゼリーを肉パンに使う甘辛タレに使ってみた。

あまり入れすぎると固形になって食べにくいから、少しずつ調整して、いくつか作ってみる。

何個も試作品を作ると、ちょうどよさそうな甘辛ジュレができた。

お腹も空いてきたため、早速肉パンを作って食べてみることにした。

見た目はハンバーガーに近いが、ソースではないため、口元が汚れづらそうだ。

俺は大きく口を開けて、一口パクリと食べてみる。

「うんまっ！」

トロミをつけたからといって味は変わらず、味はてりやきハンバーガーに近い。

勢いよく食べていると、バビットさんに手を止められた。

「おいおい、俺にも食わせろよ」

「ただ挟んだだけですし？」

ここは取られてたまるかと、少し反抗してみる。

この間は火を通していないものを料理として出せない、と言っていたからな。

それに、久しぶりのハンバーガーもどきをもっと食べたい。

「いや、肉は焼いている。だから問題なし！」

バビットさん的にはどうやら肉が焼いてあれば調理したことになるみたいだ。

それでいいのかとツッコミたくなるが、目の前でよだれが垂れそうになっているところを見ると可哀想に思えてきた。

俺も病気で食べられなかったので、その気持ちはわかる。

「あっ……」

残りの肉パンを渡すと、バビットさんはその全てを口の中に放り込んだ。俺の肉パンが一瞬にしてなくなった。

「うんめえー！　なんだこの組み合わせは！　やっぱりヴァイトは料理人になるべきだ！」

褒められるのは嬉しいが、今後なんの仕事をするのかは、しっかりと考えたい。

いろんな人に関わってみたが、全員優しい人達ばかりだった。

淡い期待を持たせるのも悪いから、どうするのか早く決めないと、みんなに変な期待をさせてしまう。

ただ、せっかく健康な体を手に入れたのに、一つしかできないってやはり不便に感じる。

別に、料理人の冒険者で武器や解体作業も自分でできますって人が存在してもいい気がする。

俺にはそれだけ才能があるって聞いているため、なんでもできそうな気がしてくる。

なんでもやりたい、というのが正直なところだ。

毎日寝て空を眺めるばかりの人生に飽き飽きしていたのだから。

病室で過ごす夕方、学校の帰り道なのか、同い年ぐらいの子達の声が聞こえてくると羨ましく思っていた。

なぜ俺はこんな体になったのだろうか。

そもそも生まれてこなければよかったのかもしれない。

そんなことを思っていても、友達がいない俺は家族にしか相談できなかった。

ただ、家族に言っても困らせるとわかっていたので、何も言えなかった。

それに毎日俺の病気を治そうと、色々と調べてくれている両親に言えるはずがない。

多額のお金が必要だから、父は遅くまで働き、妹も両親が俺に付きっきりで、構ってもらえなかったのに文句一つ言わなかった。

そんな家族が俺は大好きだった。

「おいヴァイト、大丈夫か？」

前世の家族のことを思い出すと涙が止まらなくなる。

もっとあの家族と楽しい時間を過ごしたかった。

できれば元気な体で、もう一度あの二人の子どもとして生まれ変わりたいと思っていた。

でもそれが叶わないなら、せめて俺はこの世界で元気に楽しく過ごすつもりでいる。

それが唯一できる家族孝行な気がした。俺は涙を拭いて決意する。

「バビットさん、俺は料理人にもなるよ」

「そうか！　んっ……今料理人……にもって言わなかったか？」

「うん！　冒険者にも料理人にも、そして武器職人や解体士にもなる！」

「ちょちょ、休憩時間によくいなくなっていたが……どこに行ってたんだ？」

俺は休憩時間に解体士や武器職人の手伝いをしていたことを伝えた。

俺に才能がたくさんあることを喜んでくれはしたが、バビットさんは頭を抱えている。

「これがいわゆる社畜《しゃちく》ってやつだね」

「なんだそれ？」

「仕事をたくさん頑張っている人のことだよ」

テレビでよく社畜という言葉を聞いていた。たくさん働く人のことを指すらしい。

言葉が浸透するくらい、世の中にたくさん働いている人がいるってことだな。

こんなにも優しい人ばかりに囲まれて、俺は生まれ変わっても幸せです。

そう心の中にいる家族にそっと呟いた。

第五章　社畜、魔物と遊ぶ

全ての職業に就く決意をしてから数日、俺は自制《じせい》するのをやめた。
スケジュールを細かく時間で分けて、社畜道をまっしぐらに突き進んでいる。
何事も全力疾走だ。もちろん物理的にも全力疾走である。
朝の日課であるデイリークエストの確認とステータスチェックは欠かせない。

【デイリークエスト】

◆一般職

職業　ウェイター

料理を十品以上運ぶ（0／10）　報酬：ステータスポイント3

職業　事務員《じむいん》

ギルドの仕事を五件処理する（0／5）　報酬：ステータスポイント3

職業　販売員《はんばいいん》

お店の品物を五品売る（0／5）　報酬：ステータスポイント3

◆戦闘職

職業　剣士

剣を十回素振りする（0／10）　報酬：ステータスポイント3

職業　魔法使い

精神統一を十分する（0／10）　報酬：ステータスポイント3

職業　弓使《ゆみつか》い

矢を十本放つ（0／10）　報酬：ステータスポイント3

職業　斥候《せっこう》

人に見つからずに目的地まで一回移動する（0／1）　報酬：ステータスポイント3

◆生産職

職業　料理人

料理を一品作る（0／1）　報酬：ステータスポイント3

職業　解体士

魔物の解体を一体する（0／1）　報酬：ステータスポイント3

職業　武器職人

武器を一回作る（0／1）　報酬：ステータスポイント3
職業　防具職人
防具を一回作る（0／1）　報酬：ステータスポイント3
職業　魔法工匠《アークジュエリアー》
魔法アクセサリーを一回作る（0／1）　報酬：ステータスポイント3

気づいた時には十二種類も職業体験ができるようになった。

これだけやることがあれば、社畜道まっしぐらだ。ただ、まだ時間に余裕がある。

「これがニートってやつだね……」

ニートって、なんとなくしか覚えてないけど、ちゃんとした仕事に就かない人のことだっけ？

まだギルドに所属せずに職業体験しかしていない俺は、ニートなのだろう。

世間ではニートになりたいって人が多いと聞いた記憶があるが、俺にはよさが全くわからない。

それでも最近は、詰め込みすぎだと周りの人達から止められるようになってきた。

別に無理しているわけではないし、俺なりに楽しんでいる。

そんな俺は、名前のヴァイトにちなんで、「ヴァイトニスト」と言われているらしい。

いい響きで気に入っているので、俺も積極的にこの言葉を使っていきたい。

今日も日課のポイントの割り振りを終えた。

【ステータス】
名前　ヴァイト
STR37（＋10）DEX35（＋10）VIT10
AGI65　　　INT10　　　MND50（＋16）

【職業】
◆一般職
ウェイター6　事務員3　販売員3
◆戦闘職
剣士6　魔法使い5　弓使い3　斥候3
◆生産職
料理人6　解体士5　武器職人4　防具職人3　魔法工匠2

だいぶステータスは偏《かたよ》っているが、ヴァイトニストたる者、精神力が強くないといけないからな。

何をやっていても楽しいと思える精神力が大事だ。

「バビットさん、おはようございます！」

「おい、今日は休んでもいいぞ？　肉パンの肉はできているからな？」

「それなら、あとは作るだけですね！」

俺はいつものようにパンに肉とサラダを詰めて、甘辛ジュレ改めてりやきジュレをかけていく。

ちなみに、てりやきジュレは一気に作って保存しているため、時間を削減できるようになった。

「ああ、今日も止めることができなかった……」

バビットさんがボソッと呟く。

俺としては今の生活を楽しんでいるし、バビットさんも時間ができるから一石二鳥だと思っているんだが。

できた肉パンを持って、俺は店外に移動した。

「肉パンの販売を始めます」

肉パンの販売を始めてから、販売員という職業がデイリークエストに出てきた。

俺は冒険者達に事前に渡してある丸い容器に、肉パンを入れていく。

「ジェイドさん、ちゃんとお金は入れてくださいね」

「さすがだな！　そんなに目がいいなら、今すぐ冒険者になれよ！」

ステータスの影響で視野も少し広くなったのかな？

俺の隣に置いてある皿にお金を入れる仕組みになっているが、お金を入れたかどうかはしっかり確認している。

時折、ジェイドさんがこうやってわざと俺の気を引いて冒険者ギルドの勧誘をしてくるが、いつも聞き流している。

「体を壊さないようにね。むしろ教会に行って回復属性魔法で――」

「……教会？」

聞いたことのない言葉に俺の耳はすぐに反応した。エリックさんがそう声をかけてくれる。

「ああ、ヴァイトは気にしないでくれ！」

ジェイドさんはエリックさんの口を焦って塞ぐと、そのまま依頼に行ってしまった。

この町には教会というところが存在しているらしい。

そこでも俺の才能が活かせるのだろうか。

まだ教会を見たことはないが、どこにあるのか、斥候の職業体験をしながら探しても面白そうだ。

肉パンを売り終えると、俺はすぐに昼の営業の準備に入る。

と言っても、前日に肉の味付けはしてあるし、サラダも肉パンを作る時に準備している。

バビットさんだってやることがなくて、俺が働いているのを呆然と眺めているくらいだ。

それよりもバビットさんは、ここ最近髪の毛が薄くなってきた気がする。悩みごとでもあるのだろうか。

これも視野が広くなって気づいたことの一つだ。

「ちょっと冒険者ギルドに行ってきますね」

時間ができたので、俺はバビットさんに伝えて、店を出た。

「おい、もうちょっと休んだら……」


この隙間時間を使って、俺は冒険者ギルドで依頼の処理や訓練場で特訓をしている。

「ヴァイトくん、依頼の処理を手伝ってもらえますか？」

「わかりました」

受付に入ると、冒険者達が次々と並んでくる。

俺は事務処理をしながらも、精神統一を忘れない。

「えーと、強い魔物には気をつけてくださいね」

最近は人の魔力のようなものも感じられるようになってきた。

それで大体の強さがわかるため、依頼に適さない人には注意したり、依頼を変えるように促したりしている。

聞いた話では、この周辺に出るのは弱い魔物ばかりだから、基本的に問題はないだろうけど。

町の外に魔物が増えたせいで、ギルドにいた冒険者は全員魔物の討伐に向かった。

「手伝ってくれてありがとう」

「好きでやっているだけなので、次は訓練場に行ってきますね！」

事務処理が終われば、すぐに裏にある訓練場に向かう。

「お茶を淹れたから休憩――」

「ヴァイトくんなら、すでに訓練場に向かったわよ」

冒険者ギルドの職員が何か話していたが、俺の耳には遠くてはっきりとは聞こえなかった。

訓練場に着いたらあとは効率重視だ。

最近は弓矢を同時に数本放てるようになったし、剣も二刀流で素振りをするとちゃんと二倍換算されることがわかった。

「おーい、今日も解体していくか？」

俺が訓練場にいると、解体士のおじさんから声がかかったので、そちらもやることにした。

解体小屋に入ってすぐに作業を始めるが、この作業だけは未だに苦手だ。

「そんなにビクビクしなくても、死んでるぞ？」

「だって痛そうじゃないですか！」

力はＳＴＲの影響で特に問題ない。しかし、皮を剥ぐ作業や肉を切り分ける作業はやはり慣れない。

「やっぱり今日はここまでにします」

「ははは、ヴァイトはまだまだだな」

一体だけ解体したら、次は生産街だ。

そこでできるだけ作業を進めて、残りは店の昼休憩中に行うことで、全てのデイリークエストは終わる。

ほら、俺の日課なんてみんなもできるようなことだろ？

夕方の時間が空いているため、最近はまた何か新しい職業体験がないか探している。

さっき言っていた教会も住宅街にあるかもしれないし、今度行ってみよう。


昼休憩中に俺はもう一度武器職人の工房に来た。

「今日で剣ができそうか？」

「はい。短剣ですけど、やっと形になってきました」

工房で少しずつ武器の作り方を聞いて、今は俺の体形に合わせた剣を作っている。

大人から見たら短剣だが、今の俺にはちょうど扱いやすいサイズだ。

形は歪《いびつ》でも、俺が初めて作った剣。

研磨《けんま》作業も終わり、あとは柄《つか》をつけたら完成だ。

「そういえば、さっきから外が騒がしいな」

工房の中はずっと鉄を叩く音がしているため、外の様子がわかりにくいが、ちょうど手を止めたタイミングで外が騒がしいことに武器職人が気づいた。

「ちょっと見てきますね」

そう告げてから外に出た俺は、その異様な光景に驚いた。

人々が何かから逃れるように、門の方から町の中央に向かって必死に走っている。

「何かあったんですか？」

俺は走っている人に声をかけた。

「魔物が町に入ってきたんだ！　それも見たことないやつが」

「え!?　それは一大事ですね」

「おい、今すぐにワシ達も逃げるぞ！」

少し遅れて出てきた武器職人が、俺の腕を引っ張る。

他の工房の人達もすぐに気づいたのか、逃げる準備を始めていた。

ここにいても冒険者や門番がいるから、別に問題はないと思うのだが、ここまで必死に逃げるっってことは、相当やばい魔物なのだろうか。

せっかく作った剣を置いていくのも嫌だから、急いで持ち出して布を巻いて背中にくくりつける。

俺は人の流れに沿って、住宅街に向かって避難した。

商業街からも人が逃げるように走ってきている。

走りながらちらっと後方に目をやると、門の近くで細長い何かが動いているように見える。

ここまでは距離があるが、門からバビットさんの店はさほど離れていない。

「バビットさんいますか！」

俺はバビットさんの名前を呼んで捜した。

ちょうど休憩中だから逃げているはずだが、ザワザワと嫌な予感がする。

いても立ってもいられず俺は人の流れに逆らいながら、一度店に戻ることにした。

必死にバビットさんの名前を呼びながら、人波をかき分けて進む。

途中で見つけられれば問題ない。

叫び声が聞こえてくる。逃げ遅れてしまった人もいるのだろう。

あんなに大きな魔物、解体場では見たことがない。

俺が知っているのは、角が生えたウサギと大きめのトカゲぐらいだ。

——ガチャ！

店に着いた俺は、すぐにバビットさんを捜す。

「バビットさーん！」

大きな声で呼んでも返事はない。

物音もしないため、住宅街の方に避難したのだろう。

俺もすぐに逃げようと店を出たが、さっきまで聞こえていた叫び声が消えて、静かになっている。

すると、何かに睨まれたような感覚に襲われる。視線を上げると、店の前には巨大な蛇がいた。

さっき見えた細長い魔物は、この蛇だったのか。

門の近くにいたはずなのに、今は目の前にいる。

ギロリと目が合うと、蛇は大きく口を開け威嚇《いかく》してくるが、なぜか攻撃してこない。

「ヴァイト逃げろー！」

「バビットさん!?」

町の門の方を見ると、肩から血を流しているバビットさんが立っていた。

買い出しに行っていたのか、食材を抱えたままだ。

俺はすぐにバビットさんの方に向かった。

足が速くなったため、蛇に反応されることなくバビットさんのもとに行けた。

「バビットさん、大丈夫ですか？」

「あっ……ああ」

肩から血は流れてはいるものの、大した傷ではなさそうだ。

周囲にいる人達も足や手から血を流しているが、重症者はいなさそうだ。

「ヴァイトだけでもいいから早く逃げろ！　今のあいつは俺達とは遊んでいるぐらいにしか思ってない」

バビットさんの話を聞いて、この状況とさっき覚えた違和感が結びついた。

店の目の前にいる魔物は、捕食を目的としておらず、人間達を甚振《いたぶ》って楽しんでいるのだろう。

すぐに殺したり呑み込んだりしないのは、そのためか。

魔物は周囲をキョロキョロとしていた。

なんとなくだが、俺を探しているような気がする。

『キシャアアアア！』

魔物は大きな声を上げると、俺達の店の中に入ろうとしていた。

「くっ……」

バビットさんはその光景に耐えられないのか、顔を伏せた。

あそこは俺の新しい家でもあるし、バビットさんの大事な店だ。

「やめろ……」

新しい体と生活を手に入れて楽しんでいたのに、それを軽々と壊そうとする蛇。

俺の新しい生活の邪魔をするなんて許せない。

俺は背中にくくりつけていた歪な形の剣を手に持ち、布を外した。

「おいヴァイト、何をする気だ！」

「俺の大事なもんを壊して……」

「おい、変なことは考えるな！　今すぐに逃げろ！」

バビットさんが叫んだが、ここで立ち向かわないわけにはいかない。

魔物は待ってましたと言わんばかりに、ニヤリと笑ったような気がした。

それでも俺は、魔物に向かって全力で駆ける。

「ヴァイトー！」

バビットさんの声がするが、俺はこの蛇を許せない。

大きな蛇との距離はおよそ三十メートル。

さっき門付近にいるバビットさんのところまで走った時は、一瞬だった。

俺は足に力を入れてさらに加速する。

効率的に移動するために手に入れたスピードだ。

ＡＧＩとＳＴＲにポイントを振ったことでできるようになった。

そのスピードで一気に魔物の真下に移動すると、魔物は俺を見失ったのかキョロキョロとしている。

あれ……？

俺のことが見えていないのか。

とりあえず腹を叩いてみた。

『キシャアアアア！』

どうやらびっくりして怒っているようだ。

たしかに急に目の前に標的が現れたら、びっくりするだろう。ただ、それがいけなかった。

蛇は再び速く動いた俺を見失うと、標的を門の方にいるバビットさん達に変えた。

「おーい、こっちだ！」

とりあえず、俺の存在を目立たせながら魔物の周囲を走り回る。

時折、自分の作った剣で斬り付けてみたが、中々うまくいかない。

見習い武器職人が作った剣では、斬れ味なんて期待できない。

あまり鋭利ではないし、目立った傷にはならなかった。

しかし、その後も俺は一撃離脱を繰り返し、魔物の意識を釘付けにし続ける。

そうしないと、バビットさんのところに向かっていくからな。

「ヴァイト……魔物とオーガごっこしている場合じゃないぞ！」

そんな俺の様子を見て、バビットさんは大声で叫ぶ。

でも、今度は俺がバビットさんに恩返しをする番だ。

幸いなことに、蛇の魔物は目が悪く、視界も狭いみたいだ。

これなら、俺でもなんとかできるかもしれない。

「おい、どこに行くんだ⁉」

バビットさん達から離れた方を通って俺は蛇を連れて門に走った。

「夜の営業までには戻ってきます！」

バビットさんに告げ、俺はそのまま魔物を連れて門の外に出た。

門の外に出たらいけないとは言われていたが、これは仕方ないだろう。

俺は魔物を町から遠ざけるように、なるべく追いつかれそうなギリギリのところで走っていく。

「ははは、久しぶりに鬼ごっこをしているみたいで楽しいな」

命懸けだが、鬼ごっこは意外にも楽しかった。

「うぉ⁉」

途中で茂みの中から突起物が俺に向かって飛んできた。

見ると、俺が解体士のところで目にしたことがあるウサギだ。

あの尖った角で確実に俺を刺すように飛び込んでくる。

見た目が可愛いからあまり解体する気にはならなかったが、いざ動いている姿を見ると、全く可愛くはない。

それに一体で行動するのではなく、群れで行動しているのか、数体が襲ってくる。

足が速い俺には普通に避けられる動きのため、全く脅威にはならない。

だが、足の遅い蛇は違った。背後でウサギと蛇の争いが始まった。

茂みに隠れて眺めていると、蛇の方が圧倒的に強い。

『キシャアアアア！』

しかし、剣で傷をつけることはできなかった蛇の肌に、ウサギの角は刺さっている。

いつも解体しているウサギの角が、それだけ硬くて鋭いということだ。

とはいえ、ウサギが蛇に勝つことはなかった。

蛇はウサギの群れを丸呑みして森の奥へと入っていく。

ひょっとしたら、俺を追いかけていたことを忘れたのだろうか。

蛇は脳筋ってことを覚えておこう。

危機は去った。今の時間なら夜の営業に間に合うと思った俺は急いで町に戻ることにした。

町に着くと冒険者達がバタバタとしている。

冒険者がいなかったのは依頼を受けていたからだ。

唯一戦える門番は、蛇にやられたのか、傷だらけで倒れていた。

門番を倒すほど蛇は強かったのか。今回は俺の足が速かったから、まともに交戦することなく済んだ。

ＡＧＩって思ったよりも大事なステータスのような気がした。

「おい、ヴァイトを見てないか？」

「あいつに何かあったのか？」

「町を襲った魔物の囮になって、町の外に連れ出していったんだ！」

バビットさんは、取り乱した表情でジェイドさんやエリックさんと話をしていた。

俺はそんな三人の後ろに立っているのだが、全く気づかれる様子がない。

地味に斥候の職業体験の効果が出ている気がする。

「それなら今から俺達が捜してくる」

「バビットは早く教会で治療を受けてくるんだ」

うん……？　今教会って言ったか？

教会って朝にエリックさんが言っていたやつだろうか。

あまり情報がなくて、どこにあるかもわからなかったが、話からして病院みたいなところのようだ。

これは新しい職業体験ができそうな気がする。

「あのー、俺も教会に行ってもいいですか？」

「ああ、怪我をしているなら一緒に――」

「「「ヴァイト!?」」」

三人は一緒に振り返るとやっと俺に気づいた。三人とも驚いた声が揃っている。

「お前は……」

バビットさんが強く俺を抱きしめてきた。

首元に涙が落ちてくる。

「バビットさん？」

「心配かけるなよ！　無事に帰ってこられなかったらどうするつもりだったんだ！　あいつはここでは滅多に現れない、強い魔物なんだぞ」

やはりあの蛇は強い魔物らしい。

もし一度でも攻撃を受けていたら即死していたかもしれない。

俺はバビットさんの背中に手を回した。

「心配をかけてすみません。でも、バビットさんが無事でよかったです」

肩から出血もしているし、痛みもあるだろう。でも、本当に無事でよかった。

「とりあえず、ヴァイトが戻ってこられたならよかったな」

「それで魔物はどうしたんだ？」

「あー、追いかけられていたんですけど、角の生えたウサギの群れに遭遇して、ウサギと蛇が戦い始めたので逃げてきました」

俺の言葉を聞いて、三人は呆然としていた。

あとから聞いた話だが、この町の周辺には最低ランクのFやEランク相当の魔物が多い。

だが、俺と鬼ごっこをしていた蛇の魔物はCランク相当の魔物らしい。

あの角ウサギも集団で遭遇すると、Dランクに相当すると言われた。

「それならしばらくは周囲を警戒しておいた方がよさそうだな。ヴァイトよくやった！」

「冒険者の師匠として、誇りです！」

ジェイドさんとエリックさんが俺の頭を撫でてくれる。

この人達は俺に対して甘いからな。

それでも褒められたことが嬉しかった。

「じゃあ、バビットさんを教会に連れて行きましょうか！」

「えっ……まさか聞いていたのか？」

「はい！　そこで治療ができるんですよね！」

二人はお互いの顔を見合わせている。

「ひょっとして教会で何かするつもりじゃないか？」

バビットさんもどこか心配したように俺の顔を見てくる。

別に俺は悪いことをするつもりはないからな。

「せっかく教会があるなら職業体験を――」

「あー、またヴァイトが取られちまうー！」

「弟子被りはもう懲り懲りです……」

ジェイドさんとエリックさんはそう言って頭を抱えた。

「ヴァイト……働きすぎるなよ」

血を流しているバビットさんにも心配されてしまう。

俺は楽しんでいるだけなのに……

ヴァイトニストである俺はまだまだ働けるんだ。


俺はバビットさんを支えながら、ジェイドさん達と一緒に教会へ向かう。

教会は住宅街の奥の方にひっそりとあり、中に入ると血の匂いで溢れていた。

病院に長いことといたため、すぐにここは衛生環境がよくないことに気づいた。

怪我人が多いから仕方ないが、入院している時に看護師から、血の付いたものは感染症《かんせんしょう》を防ぐため普通のゴミと別で廃棄すると聞いた。

この世界に感染症という概念はないのだろうか。

治療方法は、神父のかける回復属性魔法のようだ。

バビットさんが治療してもらっている間、俺は特にやることがないので周囲を見ていた。

まだまだたくさんの人が血だらけで倒れている。

俺は近くにあった樽《たる》を持って、井戸に水を汲みに行くことにした。

住宅街だから井戸はすぐ近くにあった。

そこから水を汲み取って教会に戻ると、ブラシを使って床についた血を洗い落としていく。

「ほら、また自らヴァイトニストになってるだろ……」

「ヴァイトらしいというのかね……」

一緒に来たジェイドさん達から優しい視線を向けられる。

俺はとりあえず手を振っておいた。

店の掃除に慣れているせいで、簡単な掃除ならすぐに終わってしまう。

普段であれば、きっかけがあったタイミングでデイリークエストが発生する。しかし、今回は何も聞こえなかった。

俺には教会での仕事が向いていないのだろうか。

掃除を終えた俺がバビットさんのところに戻ると、治療はすでに終わっていた。

「お祈《いの》りをしてから帰ろうか」

バビットさんがそう言ってくる。

「お祈りですか？」

どうやら治療のお礼にお布施《ふせ》をして、神に祈りを捧げるらしい。

どこかお参りに近いイメージだ。

俺は言われるまま、大きな女性の石像の前に片膝立ちをし、手を組んで祈りを捧げる。

【デイリークエスト】
職業　聖職者《せいしょくしゃ》
一日一回神にお祈りをする（1／1）　報酬：ステータスポイント3

祈りを捧げ終わると、目の前には半透明の板が現れていた。

【デイリークエストをクリアしました】


今回のきっかけは神に祈ることだった。

新しい職業体験ができることを知った俺はウキウキでお店に帰る。

「なぁ、あいつ、これから仕事する気じゃないのか？」

「あー、まだ営業しないって伝えてなかったわ」

「それは早く言わないと、ヴァイトが悲しそうな顔をするだろうな」

「あいつはヴァイトニストだもんな……」

バビットさん達が何やら後ろでボソボソと話していたが、夜の営業も楽しみだな！

◇　◇　◇

「咲良ちゃん、今日も学校休みかな？」

私は親友の家の前で、親友が出てくるのを待っていた。

——ガチャ！

「咲良――」

「奈子《なこ》ちゃんごめんね。咲良、まだ体調が悪くてね」

「ああ、そうですよね。毎日寄ってすみません！」

私はすぐに頭を下げた。

いつも一緒に登下校していたから、自然と寄るのが当たり前になっていた。

「奈子ちゃんは気にすることないのよ。お兄ちゃんが亡くなってから、咲良の中で何かが失われたんだろうね」

そう言って咲良のお母さんは寂しそうな顔をした。

彼女も以前より痩せ細り、元気がない。

咲良のお兄ちゃんはこの間病気で亡くなった。

私も咲良のお兄ちゃんには数回しか会ったことはないけど、その時は車椅子に乗ってニコニコしていたというイメージしかない。

「お兄ちゃんのこと好きでしたもんね。ゲームも一緒にやるって……」

「奈子ちゃんも一緒にやるつもりだったんでしょう？」

「今日から配信開始だったんです。よかったら咲良にゲームで待ってるよって伝えてください！」

私はそう告げて学校に向かった。今日から楽しみにしていたＶＲＭＭＯのゲームが配信される。

このゲームはあらゆる感覚が共有され、もう一つの世界があるような感じがするものらしい。

触ったものが熱い冷たい、転んだら痛いなど、全ての感覚がわかるようになる。

それにゲームに出てくるＮＰＣ《ノンプレイヤーキャラクター》もＡＩが搭載されていて、様々な環境で学習して本当に生きているように感じるらしい。

咲良はその世界なら、お兄ちゃんが自由に生きていけるとよく話してくれた。

学校が終わった私はすぐにゲームをダウンロードして、その時を待った。

今夜の日本時間十九時になったら、全世界で同時に開始される。

「まずは、はじめの町に行って、二種類の職業を決めないといけないんだよね。咲良もいるかな……」

私はヘッドギアを装着して、ベッドに寝転ぶ。

ゲームのシステム確認とキャラクターカスタマイズは事前に済んでいる。

様々な種族、性別、身長、体重、見た目などを選ぶことができる。

これを決めるのに三日はかかった。

その理由は、キャラクターが一体しか作れないからだ。

ゲームの中でもリアルを再現するために、キャラクター作成は一人一体までとなっている。

それでも咲良が気づくように、ほとんど現実の私と同じような見た目をしている。

表示されるカウントダウンが少しずつ進んでいく。

――19：00：00

【夢のファンタジー世界にようこそ！】

私はゲームの世界にログインした。

第六章　社畜、勇者に会う

店に戻ったはいいが夜の営業はなくなった。それならと俺は工房に行ったが、工房でも作業をしないと言われて渋々帰ってきた。

どこも同じように今日は営業をしないらしい。さすがに町が襲われて、それどころではないもんね。

店は少し荒らされた程度で、片付けを終えた俺は、久しぶりの何もない時間をベッドの上で横になって過ごすしかなかった。

暇なので、明日のためにステータスポイントを振ってから寝ることにした。

【ステータス】
名前　ヴァイト
STR47（＋10）　DEX35　VIT10
AGI75（＋10）　INT10　MND60（＋10）

デイリークエストが全て終わらず、いつもよりポイントが少なかった。


「ヴァイト、今すぐに起きてこい！」

翌朝、俺はバビットさんの声で目を覚ました。

いつもは起こされる前に目を覚ましているが、今日は寝坊でもしてしまったのだろうか。

空気の入れ替えをするために窓を開けると、外はバタバタとしていた。

「バビットさん、何かあったんですか？」

一階に下りた俺はバビットさんに尋ねた。

「ああ、ついに魔王《まおう》が誕生したとギルドから報告があった」

「マオウさん……ですか？」

初めて聞いた名前に、俺は全くピンとこない。

「あいつにさん付けはいらない。最近やけに魔物の動きが活発で、昨日高ランクの魔物が町を襲ってきた理由がやっとわかった」

バビットさんの話では、何百年かに一度魔物の王である魔王が誕生して、その度に人間達は命や住む場所を失っているらしい。

魔王の能力は誕生するたび様々だがどれも強力で、共通しているのは魔物を従える力があること。

その影響で最近、魔物が暴れていたということみたいだ。

簡単に言えば、迷惑な人が近くに引っ越ししてきたようなものだ。

近所迷惑を気にしない人ってどこにでも一定数はいると、テレビのニュースで聞いたことがある。

「それと外がバタバタしているのは、何か関係があるんですか？」

「それは、魔王に唯一対抗できるのが勇者《ゆうしゃ》だ。各国で勇者が召喚されたと言っていた」

人族、ドワーフ族、エルフ族、獣人族、魔族が住む五ヵ国で勇者召喚が行われた。

そして、人族の勇者が召喚されたのが、この町のすぐ近くらしい。

そっちの方が近所迷惑な気がしてくる。

だが、勇者は強力な才能を持っており、魔王を倒すには彼らの力が必要不可欠だとか。

「ひょっとしたらこの町に寄るってことですか？」

「ああ、だからみんな朝からバタバタ準備しているんだ」

「ははは、じゃあ今日も忙しくなるんですね！」

たくさんの勇者が町に訪れるなら、飲食店のここにも来るはずだ。

俺は嬉しくなって、急いで開店の準備を始めた。忙しいのはいいことだからね。

「ヴァイト……大丈夫か？」

「今日も元気ですよ！」

昨日怪我をしたバビットさんの方が心配だが、普段と変わりなさそうでよかった。

聖職者って思ったよりもすごい職業だ。

掃除をしていると、ジェイドさんとエリックさんがやってきた。

「バビット、元気か！」

「ああ、お前達は、弟子探しに行くのか？」

「そうだ！　勇者なら剣士の才能を持ったやつがたくさんいると思うからな」

「それは魔法使いも同じですけどね」

どうやら冒険者達は弟子の恩恵を受けるために、勇者を勧誘するらしい。

お祭り騒ぎって感じだ。

「いろんな才能がある人がたくさん来るなら、もっと好きな職業ができますね」

「「「うぇ!?」」」

三人に弟子ができたら、俺が縛られることはなくなる。

お世話になったから弟子にならなきゃいけないという、義務みたいなのは気にしなくていい。

俺はもっと気がねなく自分のやりたい職業を探せるのだ。

ただ、みんなに感謝の気持ちがあるのは本当だから、違うことで返せばいいだろう。

「お前はもうそれ以上働かなくてもいいんだぞ？　さっきも少しおかしかったぞ？」

「そうだぞ。昨日教会に行ったけど、何もなかっただろ？」

みんなは俺に聖職者の才能があることをまだ知らない。

ただ、俺から才能があると伝えたら、半透明な板の存在を教えないといけなくなる。

だから、ここは静かに微笑むだけにしておいた。

「じゃあ、ちょっと外に行ってきますね！」

俺は様子を見に行くために、門の方へ向かおうと扉に手を掛ける。

「ああ、あれは自らヴァイトニストの道を決めた時と同じ顔をしていたぞ……」

「働きすぎて死なないですかね？」

「そんな話は一度も聞いたことないぞ。働きすぎて死ぬやつって今までいたか？」

「ヴァイトなら、その可能性もありそうだな」

三人はこそこそと何か話していた。


ババットさん達が言ったように、門の外から人がゾロゾロと中に入ってきていた。

年齢や見た目は様々で、女性よりは男性の方が多めの印象を受ける。

勇者って数人のイメージだったが、まさかこんなにいるとは思いもしなかった。

町に入ってキョロキョロする人、住人に声をかける人、その場で走り回る人など様々だ。

「ちょっといいかな？」

そんな中、俺にも声をかけてくる人がいた。

「はい、どうされましたか？」

「町の説明をしてくれる人ってどこかにいますか？」

「それなら俺が教えましょうか？」

俺はバビットさんに教わった通りに、右側の商店街、中央の商業街、左の生産街。そして、奥には各ギルドがあることを伝えた。

「ほぉー、ありがとうございます！」

「いえいえ、俺はそこの飲食店で働いているので、お腹が空いたらよろしくお願いします！」

ちゃんと店を宣伝するのも忘れない。

俺以外にも、同じように質問に答えたり、直接ギルドに案内したりなど、この町は相変わらず優しい人達ばかりだ。

さすがにこんな状況だと全てのデイリークエストは受けられないと思い、ひとまず昼の営業前にできるだけクリアすることを目標にした。

まず向かったのは冒険者ギルドだ。

ほとんどの勇者は冒険者ギルドに向かうようで、道はとても混んでいる。

俺は勢いよくジャンプして、屋根の上に上がって、そこを走った。

中央の道は人がたくさん通っているし、見つかってしまうために斥候の職業体験もできない。

冒険者ギルドに着いた時には、デイリークエストのクリアを知らせる声が聞こえてきた。

たくさんの冒険者と職員が待機している横を通り抜けて、俺は訓練場で剣の素振りをして、それから矢を放つ。

剣の素振りは自分で作ったものを使っても、デイリークエストに反映されていた。

あとは弓矢を用意できたら、自宅でもできるな。

戦闘職のデイリークエストをクリアしたと聞こえたので、そのまま小屋で解体作業を手伝おうとしたら中には誰もいなかった。

きっと解体士の男も弟子を探しに行ったのだろう。

作業台には、角が付いたウサギがいつものように置いてあった。

せっかく来たから一体だけ解体することにした。

全く可愛くない魔物だと知れば、解体する躊躇《ためら》いなどない。

普段よりも早く解体を終えて、俺は店に戻ることにした。

ああ、忙しい毎日って、楽しいな。

「すみません、もうちょっと安くなりませんか？」

「さすがにそれは難しいですね。簡単にお持ち帰りできるものか、商店街を利用する方がいいと思います」

さっきから勇者達がうちの店に来ては、料理が高いとクレームをつけてくる。

そんなにお金がないならと、俺は商店街を利用することを勧めた。

どうやら冒険者ギルドに所属希望の勇者が多いようで、なるべくいい武器を手に入れたいからと食事を節約しているらしい。

そんな中、ジェイドさんとエリックさんがやってきた。

「はぁー、疲れた」

「ヴァイトは可愛いですね……」

店に入ってくるなり、俺の方を見て呟く二人。

いつもの様子と違って気持ち悪い。

「注文はいつもと同じでいいか？」

バビットさんが注文を取りに行ってくれた。

「あー、俺はサラダだけでいいわ」

「僕もさすがに肉を食べる余裕はないですね」

遠くから見た様子でも、二人とも本当に疲れているようだ。

その二人を相手しているバビットさんからも疲労感がにじみ出ている。

俺は勇者達の対応を終えるとすぐに調理場に行った。

「あの二人にサラダを頼む」

「わかりました！」

バビットさんに言われた通りにサラダを作って、二人に持っていく。

「あいつらを弟子にするぐらいなら、ヴァイトの方が断然いいよな」

「それは僕も同じ意見だね。ヴァイトの方が才能あるし、ちゃんと人の意見を聞いてくれるからね」

「そんなに疲れてどうしたんですか？」

サラダをテーブルに置いて、俺は二人の話を聞くことにした。

「いやー、聞いてくれよ。あいつらいきなり冒険者ギルドに登録したら、すぐに外に行こうとするんだぜ？」

「それを止めたらなぜか僕達が怒られてさ……」

普通はまず才能の確認のために、訓練場で適性職を見るところから始める。

俺も初めは訓練場で木剣の素振りからやったからな。

それなのに勇者は適性職もわからないまま、冒険者ギルドで依頼を受けて外に出ていこうとするのが大半らしい。

命を無駄遣いするなと言っても、俺達は特別だからと言って聞かないそうだ。

挙げ句の果てに「チュートリアルぐらい適当でいい」って言って去っていったとか。

チュートリアルが何かはわからないが、勇者達の共通言語なんだろう。

「ここでも安くしろって無理難題を言ってきてますよ」

「この状態だと武器店も大変だろうな」

冒険者は確実に武器が必要となる。向こうでも武器を安くしろって言ってそうだな。

「誰かの弟子になって、一人前だと認められたら、師匠から武器をプレゼントされるのが一般的なのにな」

俺が知らないだけで、師弟関係にもちゃんとしたルールがあるんだな。

俺の場合は自分で武器を作ればいいから、問題ないけど。

そんな話をして、昼の営業を終えてから、俺は職業体験のために住宅街に向かった。


「んー、ここはどこだろう……」

教会に向かっている最中、住宅街で迷っている少女がいた。

年齢的には今の俺とそこまで変わらないように見える。

町の人なら迷うことはないが、迷っているっていうことは勇者なのかな。

声をかけるか迷ったが、俺に声をかけてくれたバビットさん達に恥じないように、無視するわけにはいかない。俺は彼女に声をかけることにした。

「どうしましたか？」

「ひゃい!?」

急に話しかけられたからか、少女は大きな声を出した。

深緑《ふかみどり》色の髪を三つ編みにして、どこか儚い印象を受ける。

瞳は黄緑色で、まるで植物の妖精のような少女だ。

「驚かせてすみません」

「あっ、いえ！　教会の場所を聞いてきたんですが、迷子になってしまって……」

どうやら俺と目的地は一緒のようだ。ちょうど俺も教会でお祈りをするつもりでいた。

教会って結構住宅街の奥の方にあるから、中々見つけるのは難しい。

「一緒に行きますか？」

「いいですか!?」

少女は本当に困っていたのだろう。

町の中にいた勇者もだいぶ人数が減ってきたし、彼女は出遅れているようだ。

ここは彼女のためにも、時間を効率的に使った方がよさそうな気がする。

「少し急ぎますがいいですか？」

「大丈……えっ!?」

俺は彼女を抱きかかえて、お姫様抱っこの状態で教会に向かった。

その方が二人で歩くよりも早く着くからな。

彼女は思ったよりも軽く、ちゃんとご飯を食べているのか心配になった。

教会に着くと俺はすぐに彼女を下ろす。

見ると、彼女の顔が真っ青になっている気がする。

「あのー、大丈夫ですか？」

「気持ち悪い……」

そう言って少女は座り込む。

「えっ!?」

まさか俺の顔が気持ち悪いのだろうか。

俺の中ではごく普通の顔だと思っていたのだが。

学校に通っていたら気持ち悪いって言われることぐらいあったのかもしれない。

ただ、今までそんなことを言われたことない俺には、雷が落ちたような衝撃だった。

「そんなところで倒れてどうしたんですか？」

俺がアタフタしていると、神父が声をかけてくれた。

「あまりにも速すぎて酔ってしまいました」

「あっ……それで」

どうやら俺の顔が気持ち悪いわけではないらしい。

俺は理由がわかって少しホッとした。

「君達は教会に用があって来たんですか？」

「お祈りできるところを探しています」

彼女が答えた。勇者の彼女も教会でお祈りがしたくて、ここの場所を探していたようだ。

話している彼女をふと見ると、何かを読んでいるみたいで、神父と視線が合っていなかった。

「君はどうしますか？」

「あー、俺もお祈りするためにきました」

そう伝えた。

「では、こちらについてきてください」

神父について中に入る。怪我人がいなければ教会は静かな場所だった。

風の音や鳥の鳴き声が聞こえるぐらいだ。

俺達は昨日祈った大きな女性の石像の前に片膝立ちで座ると、神父の言葉に続いて祈りを捧げた。

「慈愛《じあい》に満ちた神よ、疲れ果てた者達に癒しの手を差し伸べ、穏やかな眠りと安らぎを与えてください」

俺は初めて聞いた長い言葉をすぐには覚えきれない。

少女も同じだったのか、俺達はとりあえず手を合わせて神様に祈りを捧げた。


【デイリークエストをクリアしました】


いつものように頭の中に直接声が聞こえてきた。

「えっ？　今の声は何？」

「どうかしましたか？」

「あっ、いえ。すみません」

その場ですぐに謝り、少女は再び祈りを始めた。

さっきの視線といい、今の反応は俺だけにしかわからないあれに気づいているように見えた。

祈りが終わってから聞いてみようかな。

しかし、それからいくら時間が経過しても少女の祈りの時間は終わらなかった。

このままだと夜の営業まで祈っていそうだ。

「ありがとうございました」

俺は小さく呟いて教会をあとにした。

◇　◇　◇

二十分程度お祈りをしていると転職クエストが表示されていた。

【転職《てんしょく》クエスト】
職業　聖職者（戦闘職）
一日一回、連続五日間祈りを捧げる（1／5）　報酬：聖職者に転職する

さっき転職クエストの内容と説明が急に出てきてびっくりしたけど、私は受けることにした。

「もう一人の方は忙しい方のようですね」

「えっ……」

隣を見ると彼はいなくなっていた。

頭上に名前が表示されなかったため、きっとＮＰＣだろう。

普段の私と変わらない中学生のような、どこか幼さが残った見た目をしていた。

ただ体つきは私と比べてしっかりしており、急に抱きかかえられた時はドキッとした。

その後はものすごい速さで教会まで走ったから驚いたけどね。

急にジェットコースターに乗った感覚を味わったら、誰だってびっくりしないはずがない。

たまにゲームで突然移動する場面を見るが、みんなあんな状態になるのだろうか。

「神に祈りを捧げられましたか？」

「はい！　友達が元気になるようにお祈りしました」

私は友達の咲良が元気になるように祈りを捧げた。

家の近くに神社がないので、ゲームの中の教会や神社でお祈りしようと思ったのだ。

私一人ではこのゲームを楽しめないような気がしたから、早く咲良にも来てもらわないとね。

それにしても毎日祈りを捧げないと聖職者になれないとなると、中々冒険が進まなさそうだ。

すでに剣を買って町の外に出る人達もいる、まぁ、ゆっくりゲームをするのもいいだろう。

そのうち咲良に会えれば、一緒にゲームをするかもしれないしね。

「教会はそんなに珍しいかな?」

祈りを終えてから椅子に腰掛けて教会の中を見ていると、神父が声をかけてきた。

「あっ、はい!」

静かな教会に私の声が響く。

「ははは、元気なのが一番だね」

そう言われると恥ずかしくなる。


教会を出ると、お婆さんが歩いていた。

お婆さんは買い物の帰りだろうか。ヨタヨタしながら歩いている。

手に持つ袋には、たくさんの葉っぱや野菜が入っている。

「あのー、自宅まで運びましょうか?」

「すぐそこだから大丈夫じゃよ」

「私もそっちに行くので、一緒に行きましょう」

少し強引だが、私はお婆さんの荷物を持って一緒に帰ることにした。

「最近の子は優しい子が多いのう」

「いえいえ、私は祖父母と住んでいるので、いつものことです」

「そうかそうか」

お婆さんの家は近くと言っていたが、町の中では外れの方にあった。

そもそも教会が離れたところにあったから、しっかりと区画が分かれているのだろう。

家まで荷物を運ぶと、中からは草木の匂いがしていて、深呼吸をすると体がリフレッシュする。

実際にたくさんの植物を庭で栽培しており、どこか植物園に来たような気分になる。

こういうのが超リアルなＶＲＭＭＯと話題になっていた部分だろう。

「私は薬師《くすし》をしていてね。お嬢さんは興味があるかい？」

薬師って薬剤師みたいな職種だろうか。この質問にどう返事をするか迷ってしまった。

このゲームでは選べる職業が二種類と決まっている。

今転職クエストで聖職者を受けているが、返事次第では薬師の転職クエストも出現する気がする。

チュートリアルと呼ばれる説明書にもそんなようなことが書いてあった。

冒険するには攻撃する手段が欲しいが、このままだと完全にスローライフすることになりそうだ。

「あー、気を遣わせて――」

そう言いかけた時のお婆さんの少し寂しそうな顔を見ると、私は胸が締め付けられる。

ゲームぐらい、ゆっくりしてもいいだろう。

もう今更だ。私は出遅れているからね。

「興味があります！」

その一言でお婆さんは目を輝かせた。

ゲームとしての選択肢は間違っているかもしれない。ただ、私の中ではこれで正解だ。

脳内に聞こえる声と目の前に現れる説明。

私は転職クエストを受けることにした。

【転職クエスト】
職業　薬師（生産職）
薬品の調合を十回行う（0／10）　報酬：薬師に転職する

さっきの聖職者とは異なり、調合の回数で転職できるらしい。

「時間があるなら薬師の仕事を手伝ってみるか？」

まだまだ時間もあった私は、薬師の仕事を見学することにした。

「そういえば、名前はなんと呼べばいいのかしら？」

お婆さんが私に聞いてくる。

「私はナコです」

「ナコね。私はユリスって呼ばれているわ」

お婆さんは正式な名前はユグレンティアだと言った。

名前が長いため、周りからはユリスと呼ばれているらしい。

「ユリスさんですね。よろしくお願いします」

「ははは、礼儀正しいのう」

自己紹介を終えた私達は庭に向かった。どうやら庭に生えている草が薬草らしい。

「薬草は枝の部分を残して切ると、すぐに生えてくるから、覚えておくといい」

言われた通りに葉っぱだけ何故か切り取り、家の中に持っていく。

基本的には、薬草と魔力水《まりょくすい》を使うと回復ポーションができる。ただ、その作り方が複雑なため、薬師になれる人が少ないとユリスさんは言っていた。

薬草の種類で採取の仕方も変わると聞いた時は、選択を間違えた気がした。

調合回数の十回も最低限覚えるのに、必要な回数なのかもしれない。

そこまで考えてリアルに作られているようだ。

それから私のゲームはしばらく、教会で祈ってから、回復ポーションを作る日々を過ごすことになった。

第七章　社畜、勇者の態度に困惑する

俺は教会で祈りを捧げたあとは、生産街に向かった。
生産街の工房はどこも忙しそうに働いている。
「こんにちは！」
武器工房に行くと、武器職人がいつもよりも忙しなくハンマーを振り下ろしていた。
その隣には、できたばかりの剣がいくつも置いてあった。
いつもは休憩しながらやっているため、誰かが入ってきたらすぐに気づく。
しかし、今は気づかないぐらい仕事が大変なんだろう。
「今は弟子を募集していない！　またあとで来てくれ！」
邪魔をしてはいけないと帰ろうとしたら、少し怒ったような声が聞こえた。
どうやら俺を勇者だと勘違いしているみたいだ。
武器職人になりたい勇者がたくさん押しかけてきたのだろう。
それならばと、隣の防具職人の工房に向かった。

ちなみに、武器職人はブギー、防具職人はボギーという名前だった。

名前が似ていると思ったら、ブギーさんとボギーさんは同じドワーフ族で親戚らしい。

「こんにちは！」

「今は弟子なぞいらん！　弟子になりたいなら態度を改めて来るんだな！」

ボギーさんも怒っているようだ。彼も仕事が忙しいのだろう。

帰ろうかと考えていると、ボギーさんが振り向いて申しわけなさそうな顔をした。

「ヴァイトだったのか。すまないな！」

「いえ、大変そうですね……」

「ああ、勇者達が横暴で迷惑しているんだよ。少し休憩するか」

そう言ってボギーさんはコーヒーを淹れて持ってきてくれた。

これを初めて飲んだ時は、あまりの苦さに吐き出したのを覚えている。

コーヒーが普通に飲めるようになったら一人前の大人になれる気がして、今では我慢して飲んでいる。

「ははは、ちゃんとヴァイトのやつにはミルクを入れたからな」

「ありがとうございます」

実はまだブラックコーヒーが飲めない俺は、ミルクコーヒーで飲んでいる。

まだまだ大人への道は遠いようだ。

スーツをピシッと着て、コーヒーを飲んでいるサラリーマンに俺はどこか憧れていたからな。

「それで何があったんですか？」

「いや、勇者達がギルドで冒険者に登録したら真っ先に工房に来て、強い防具を作ってくれって言うんだ」

「オーダーメイドなら、作るのに時間がかかりますよね？」

「ああ、それなのにあいつらは、ゲームだからそれぐらいできるって……」

「ゲーム？」

「ワシも何を言っているかわからなくてな。最終的に脅してきたから、追い返してやったわ！」

ボギーさんは大きな声を出して笑っているが、俺は勇者が言っていた「ゲーム」という言葉に違和感を覚えた。

ゲームってあのテレビに繋げてやるゲームのことだろうか。

あまりやったことがないため、他にゲームという言葉が存在するのかはわからない。

「そういえば、ブギーさんも怒っていたけど……」

「あー、あいつのところは武器を扱うからな。きっと今頃は店が品薄で、直接工房に来たやつがいるのだろう」

本当に弟子になりたくて来た人もいる中、横暴な勇者達によって勇者そのものの印象を悪くなってしまっているようだ。

その後、俺はデイリークエストのために少しだけ作業をさせてもらってから魔法工匠の工房に向かった。

武器や防具の工房と違ってこちらは普段通りのようだ。

勇者達の中で武器、防具、魔法アクセサリーの順番で優先順位があるのだろう。

そこでのデイリークエストを終えて、帰りに商店街に寄って武器店や防具店を見たが、ほとんど既製品は品薄になっていた。


夜の営業のために店に戻ると、ジェイドさんとエリックさんが店内でいつものように世間話をしていた。

「あいつら、結局傷だらけで帰ってきたな」

「仕方ない。魔法も数発しか撃てないのに外に出たら、誰でも力不足だとわかるでしょう」

やはりここでも勇者の話で持ちきりだ。俺はさらっと会話に混ざった。

「魔物は強いから、やられちゃいますよね」

俺でも角の生えたウサギに襲われたら、やられるってすぐにわかるぐらいだ。

勇者達は少し頭が悪いのだろうか。

「おいおい、ヴァイトが言うなよ！」

「そうそう、Ｃランクの魔物から逃げ切れただけでも運がよかったんですからね」

ＡＧＩを上げていたおかげで、蛇の魔物にやられずに済んだのは事実。

俺にしたらそこまで危険ではなかったが、それだけで運がよかったと言われるレベルだ。

それを聞けば聞くほど、俺は外に出ずに町の中で安全に生きていた方がいい気がした。

その後も夜の営業では勇者達の話題で持ちきりで、主に悪い噂が聞こえてきた。

翌朝、日課であるステータスポイントの割り振りを行う。

昨日は十三種類のデイリークエストがクリアできたため、ポイントが39もあった。

【ステータス】

名前　ヴァイト

STR47　DEX49（＋14）VIT10

AGI100（＋25）INT10　MND60

ＡＧＩが１００になったことで何か変化があるのかと思ったが、大きな変化はなかった。

まぁ、職業体験をしていたら、そのうち実感できるだろう。

俺は肉パンの準備のため、商店街に行くことにした。

すでに外は賑わっていたが、どこか普段の賑わい方と違う。

「おい、こんな物を俺達に食わせるのかよ！」

「自分達で料理すればいいじゃないのよ。ここはただの野菜店よ！」

「てめぇ、勇者にそんなことを言うのか！」

自分のことを勇者と言っているから、昨日この町に来た人だろう。

野菜店の女性に文句を言っていた。

近くに寄ってみると、お腹が減って旅に行けないと駄々《だだ》を捏《こ》ねている。

そりゃー空腹だと旅に行けないが、食事を買えないほどお金がないのだろうか。

周囲を見ても、似たような光景がちらほら見られた。

武器店や防具店でも、早く入荷しろと言ったり、工房に直接文句を言ったりなど、横暴な人ばかりだ。

昨日ボギーさんが言っていた横暴な人とは、ああいう人達のことを言うのだろう。

「てめぇ、ＮＰＣのくせに――」

野菜店の女性に殴りかかろうとしていた勇者の手を、俺は咄嗟《とっさ》に掴んだ。

「へっ⁉」

男は止められるとは思ってなかったのだろう。

さらに強く殴ろうと手を握り、もう一度振りかぶろうとする。

どこか手が光っているような気がしたが、手に電球でも持っているのだろうか。

ただ俺の方が力は強く、振りほどかれることはない。

思ったよりもＳＴＲの数値が影響しているようだ。

「あっ……あの……」

野菜店の女性も驚いて困惑していた。

ああ、何が欲しいか言っていなかった。

「あっ、サラダに使う野菜をもらってもいいですか？　できれば葉物野菜を多めがいいです」

勇者の男と野菜店の女性が驚いた顔で俺を見ている。何か間違ったことでもしたか？

「あっ……はい！」

すぐに女性は野菜を麻の袋に詰め始めてくれた。

「おい、てめぇ放せよ！」

「あっ、どうぞ」

俺は言われた通りに手を放す。力を入れていた男はそのまま拳を突き出して突っ込んでいく。

さすがに女性にぶつかったら危ないと思って、足を引っ掛け、浮いたタイミングで服を通路側に引っ張った。

「うっ、うおおおお！」

武術を習ったことはないが、どうやらうまくいったようだ。

男は急に体が浮いて動きを止められなかったのだろう。見事に顔面から突っ込んでいった。

――ドンッ！

拳が地面に当たった瞬間、大きな音が聞こえてきた。

地面に大きな穴が開くほどの変化に、周囲の人達がざわめき出す。

「あれが勇者の力か……」

俺にはない計り知れない力が勇者にはあるのだろう。

「急いで逃げてください」

野菜店の女性は俺に麻の袋を渡すと、俺の背中を押してそう言った。

俺は忠告通りにすぐにその場から立ち去った。

「ＨＰが残りわずかになったじゃねーか」

男は頭をかきながら周囲に俺がいないか捜していた。

あのあとパンを買って急いで店に帰ってきたが、あいつが襲ってきたらどうしようかと昼の営業中も内心はドキドキしていた。

お客さん達も、話を聞く限り勇者にはうんざりしているようだ。

最終的には勇者達へのボイコットをしようという話すら出てくる始末。

ボイコットがダメなら、最終的に町から追い出そうという声も出た。

勇者が来て二日目でここまで関係が悪化するとは、誰も予想していなかっただろう。

勇者に対して親切に接してくれ、と通達が国からあったらしい。

だが、国のお偉いさん達がいるのは王都だ。

この町では無理なので、最終的に王都に行って貴族達に面倒をみてもらえばいいという話も出た。

ここの町って王都からかなり離れており、準備ができた人達から王都に向かうのだろうか。

どっちにしても早くいなくなってもらいたいってのが、この町の人達の共通の願望だ。


「ヴァイト、気にしなくてもいいからな？」

昼の営業が終わって休憩時間。バビットさんが気遣ってそう言ってくれる。

「でも、さすがにあの態度はないですよね……」

今日も昼の営業の時に、料理を値引きしてくれと言ってきた勇者がいた。

飲食店に来て値引きしてくれって、人としてどうかと思うレベルだ。

もちろん勇者の中にも、ちゃんとお金を払ってくれる人はいる。

その人はゆっくりした生活が送りたいと言っていた。

冒険に出たい勇者と、ゆっくり過ごしたい勇者、大きく二つに分かれているらしい。

ゆっくりしたい勇者達は、口を揃えて「社畜から抜け出してスローライフをしたい」と言っていた。

俺が知っている社畜は抜け出したくなるようなものじゃないはずなんだけど……もしかしたら、俺の認識が違うのだろうか。みんなが毎日楽しく働きたいわけではないのかもな。

ちなみに俺は、冒険をするつもりも、スローライフをするつもりもない。

とにかく楽しく色々なことがやりたい。それがヴァイトニストだ。

「俺はヴァイトニストの生活がしたい！」

「いや、お前は働きすぎだぞ……」

どうやら声に出ていたようで、バビットさんがボソッと何かを呟いていた。

「あとは教会に行ってから、冒険者ギルドと生産街に行って……時間がないので行ってきます！」

「ああ、ほどほどに頑張れよ」

俺は今日もデイリークエストを終わらせるために、ヴァイトニストとして職業体験に向かった。


教会に入ると、昨日出会った少女がいた。

彼女もきっとお祈りに来たのだろう。

「こんにちは！」

俺が挨拶をすると、少女は顔を赤くした。

勇者である彼女は、ゆったり生活したい人だろうか。

「おお、ナコ。ここにおったのか」

声が聞こえた方に目を向けると、そこにはお婆さんがいた。

どうやら勇者の少女はナコという名前らしい。

「あっ、俺は――」

「ヴァイトだね？」

俺が名乗るより先に、お婆さんは俺の名前を呼んだ。

「なんで知っているんですか？」

「この町でお前さんのことを知らないやつの方が少ないぞ？」

俺はいつの間にか有名人になっていたようだ。

特に目立った行動はしていないはずだが……

「ヴァイトさんはなんで有名なんですか？」

ナコがお婆さんに聞く。

「ヴァイトニストじゃ！」

「ヴァイトニスト……ですか？」

俺はナコにヴァイトニストと呼ばれていることと、その理由を説明した。

「そもそも私達からしたら、ＮＰＣ自体がずっと働いている社畜みたいなものなんだけど……その一番上ってことなのかな？」

ナコはブツブツと呟きながら、必死にヴァイトニストがどういう意味かを考えていた。

みんなは働きすぎと言ってくるが、俺にしたらまだまだだ。

俺はちゃんと八時間ぐらいは寝ているし、元気にピンピンしている。

健康の大切さを知っているから、体を壊すほど頑張ることはしない。

「頑張ってくださいね！」

ナコはついに考えるのを諦めたようだ。

「ありがとう！」

「あっ……いえ」

応援してくれたから笑顔でお礼を伝えると、また顔を赤くしていた。

俺はまた何かしたのだろうか。

「ユリスさん、早くポーションを作りに行きましょう！」

ナコはお婆さんの手を握って、そそくさと帰ろうとした。

お婆さんの名前はユリスというみたいだ。

「ポーションってなんですか？」

「ポーションって――」

「ナコ、それ以上は言うんじゃ――」

お婆さんはナコに被せるように話したが、俺の耳にはポーションという言葉がしっかりと聞こえた。

「ぜひ、俺にも作り方を教えてもらってもいいですか？」

【デイリークエスト】
職業　薬師
ポーションを一つ作る（0／1）　報酬：ステータスポイント3

今回は頼んだ影響でデイリークエストが出たのだろうか。

詳しいきっかけはわからないが、新しい才能を見つけた。

お婆さん改めユリスさんは、大きなため息をついた。

「このままだと、私がバビットに怒られてしまう……」

「ユリスさんはバビットさんのことを知っているんですか？」

「ああ、よく知っているよ」

俺を知っているだけではなくて、バビットさんとも繋がりがあるようだ。

バビットさんって飲食店をやっているから、いろんな人と仲がいいんだよな。

「……仕方ないからヴァイトもついてくるのじゃ」

「うっし！」

俺は新しい職業体験をできることになった。


「ポーションって、薬のことか！」

俺はポーションがどこで売っているのか、何をするものなのかもわかってはいなかった。

だが、ユリスさんの家に着いた時に薬草を見て正体がわかった。

「それもわからずについてきたのか？」

「はい。新しく職業体験ができますし……」

「はあー」

ユリスさんはまた大きなため息をついた。そんなにため息をついていると、幸せが逃げちゃうぞ。

「ヴァイトさんは少し変わった人なんですね」

ナコから見たら、俺は変わった人物に見えるのか。

俺から見たら、ナコの方が勇者なのにボーッとしており、変わって見える。

その辺にいる勇者なんて「ヒャハァー！」って叫んで走ったり、町の中で剣や杖を見てずっとニヤニヤしていたりと、おかしなやつらばかりだ。

「とりあえず薬草の採取はナコがヴァイトに教えてやってくれ」

俺はナコについて、庭の薬草を採りに向かった。

「……まずは回復ポーションの材料を採りましょう。薬草は根本から十センチメートルほど上で切ってください。葉と茎では効力が違うので、その辺は試さないといけないですね。もう一つの材料の魔力水に関しては、水に魔力を含ませて作るだけなので簡単です」

淡々と説明するナコの言葉が耳に入っても、すぐに抜けていってしまう。

ポーションを作るのは大変なんだな。材料を集める段階で気をつけることがあるなんて。

武器や防具は工程を一つ行うだけでいい。しかし、ポーション作りは薬草を切っても、魔力水を用意してもデイリークエストはクリアにならない。

ちゃんとポーションを作るまでが、デイリークエストのクリア条件のようだ。

材料を準備すると、ユリスさんが簡単に作り方を教えてくれた。

「覚えることが多いですね」

ユリスさんとナコは簡単と言っていたが、俺には覚えることが多くて大変に思えた。

薬草の採取。水に魔力を込める。薬草の粉砕。薬草と魔力水の結合。濾過《ろか》による複数回の絞り込み。この五段階で完成する。

実際にやってみても、ナコが隣で教えてくれるからできるが、俺一人では無理な気しかしない。

「ヴァイトは体ばかり動かしているから、頭が悪いんじゃな」

ユリスさんがサラッと悪口を言ってくるが、俺は言い返すことができない。

実際にステータスを見ると、俺はバカということがわかる。

「記憶力はＩＮＴと関わりがありましたっけ？」

ナコがユリスさんに尋ねる。

「そうじゃ。基本的にＩＮＴは知力と言われており、魔法使いには必要不可欠になる。ただ、記憶力にも関わってくるから、鑑定士《かんていし》もＩＮＴが大事になるのう」

ＩＮＴは生産職にとって大事なステータスだということがわかった。

自慢ではないけど、今の俺のＩＮＴは10。正直言ってめちゃくちゃ低い。

ただ、それよりも興味のある言葉が聞こえた。

「鑑定士ってなんですか？」

「あわわ……」

ユリスさんは気まずい表情をした。俺はそんなユリスさんをジィーッと見つめた。

「ちなみに鑑定士はこの町にはいないからな！　絶対に弟子になることはできないぞ」

残念だ。いないいなら仕方ない。

この際、ユリスさんからたくさんの職種を聞き出して、今後できそうな職業体験を教えてもらうのもいい気がしてきた。

その後、俺はナコに協力してもらいながら、なんとか回復ポーションを作ることができた。

ちなみにユリスさんからは、ポーションにはランクがあり、俺が作ったポーションはＦランクで毒効果付きだと言われた。

回復ポーションなのに……毒状態になってしまうものができてしまった。

やっぱりＩＮＴが大事なんだな。

第八章　社畜、働けなくなる⁉

薬師のデイリークエストを終えると、俺はそのまま生産街に行くことにした。

「ブギーさんとボギーさんは仕事をしなくていいの？」

「ああ、俺達はしばらく働かないからな」

ブギーさんとボギーさんは相変わらずイライラしていた。

俺が着いた時には、二人で何か話し合いを終えたあとのようだった。

「そっか……」

せっかく来たのに、デイリークエストを進められないのか。

俺が帰ろうとしたら、二人に止められた。

「おいおい、そんな悲しい顔をするなよ」

「工房はいつでも貸してあげるからな？」

「本当ですか⁉　ありがとうございます！」

そんなに俺は悲しそうな顔をしていたのだろうか。

工房を使えるなら俺としては問題ない。

「バビットに怒られないか？」

「まぁ、せっかくやる気があるのに止めたら可哀想だろう」

「そうだよな……それなら俺達が教えてやるか」

俺は一人で作ろうとしていたが、二人が直接教えてくれるようだ。

「ありがとうございます！」

久しぶりに師匠から指導してもらうような気がする。

それほどここ最近、二人は忙しそうに働いていたからな。

「今日は何を作るんだ？」

今日は弓を作るつもりで工房に来たことを伝えた。

俺は近くにある板に作りたい弓の形を書いていく。

「また変わったものを作ろうとしているな」

今回作ろうとしているのは、弓を二本くっつけてXのような形にしたものだ。

いつも訓練場で借りている弓は縦に長くて、体が小さな俺では引っ張りにくい。

「なんで普通の弓じゃないんだ？」

「この体じゃ効率が悪いんだよ」

「効率？」

「矢をたくさん射てないからね」

ＳＴＲとＤＥＸが高いため、矢を引くことは問題なくできる。ただ、二本以上になるとうまく飛ばせないのが問題だ。

今まではデイリークエストのことしか考えてなかったから、どれだけ下手くそでも矢が飛べば問題なかった。

だが、また魔物が襲ってきた時のことを考えると、実用性のある武器を用意しておいた方がいいのは確実だった。

「基本的には木材は小さな弓を作る時と同じでもよさそうだが、どうやって二本をくっつける気だ？」

ブギーさんの言うようにそれが一番の問題だった。この世界に俺の知るような溶接《ようせつ》技術はないだろう。

「それなら、スパイダー種の糸を編み込んで、巻きつけて固定するのはどうだ？」

ボギーさんが提案してくれたのは革の防具で使っている技法だった。

革でできた防具は、スパイダー種という蜘蛛の見た目をした魔物の糸を編み込んで、革同士を固定させている。

糸が丈夫なため、糸より革が破れる方が早いと言われているぐらいだ。

今日は木材の加工と糸を準備するところまでやることにした。

木は工房にあるやつを自由に使っていいと言われているので、すぐに終わりそうだ。

「糸も持ってきたぞ」

木材を削っていると、ボギーさんが自分の工房から糸を持ってきてくれた。

それにしても、今日は珍しく二人が一緒の工房にいる。

「今日は何かあったんですか？」

「あー、少し酒でも飲もうと思ってな！」

仕事を休みにしたから、同郷同士で酒を飲む予定だったらしい。

そんな楽しそうな日に来てしまって申しわけない。

「なるべく早く作業を終わらせますね！」

俺はステータス頼りのＤＥＸとＡＧＩで、作業のペースを上げていく。

「いや、ゆっくりでいいぞ？」

「ワシらは隣で酒でも飲んでいるからな」

そう言って二人は俺の隣で酒を飲み始めた。作業している俺を見て楽しいのだろうか。

ただ、木材を削ったり、糸を編み込んだりするだけの単純作業なのに。

――バン！

そんな中、扉が勢いよく開いた。

「おい、早く武器を作ってくれよ！」

急に入ってきたのは、見たことない人物だった。

服装からして勇者だろう。

冒険者なら装備が整っているが、勇者は装備がないため、たいていは薄い布切れを身に着けているだけだ。

「おい、酒が不味くなるじゃねーか！」

「ワシらを舐めているのか!?」

そんな勇者に二人が詰め寄っていく。

「うっ……」

勇者はその場で狼狽《うろた》えていた。

二人ともドワーフ族だから体は小さいが、見た目はかなり迫力がある。

そんな様子を横目に見ながら、俺は作業を続けていく。

「おいおい、もう一人職人がいるじゃねーか。早く武器を作れよ！」

俺にも話しかけてきた。ただ、俺は職人ではないからな。

職業体験をしているそこら辺の人だ。

「おい、無視するなよ！　ガキのくせに！」

勇者は俺に近づいてくると、俺が作っている弓の木材を踏みつけた。

おいおい、こいつは本当に勇者なのか？

近所迷惑なやつらという認識だったが、ただのヤンキーかチンピラにしか思えない。

「てめぇ、ワシらの弟子に何してんだ！」

ブギーさんとボギーさんはさらに怒り出した。俺もただ黙って見ているわけにはいかない。

「ねぇ、君は俺の作業の時間をどうやって返してくれるのかな？」

「はぁん？」

「木材が折れたのが見えなかったのか？」

勇者が弓を踏みつけた瞬間、真ん中から木材が折れてしまった。

「そんなのただの木じゃねーか！」

腹の奥からよくわからない感情が沸々と湧いてくる。

デイリークエストは終わったが、弓はまた一からの作り直しになってしまった。

それに、せっかくの休みの日に手伝ってくれた二人に申しわけない。

「そもそも、勇者って何様だ？　俺らからしたらお前達は邪魔な存在だ。無理難題押し付けてきやがって。なんでも意見が通ると思うなよ！　お前達の方がマオウさんより邪悪な存在じゃないか！」

「くくく、ヴァイトのやつ、魔王のことをマオウさんだと思ってるぞ」

「必死に怒っているんだから笑ってやるなよ」

怒っている俺を見てブギーさんとボギーさんは笑っていた。

おかしな怒り方をしてしまったのだろうか。

今まで生きてきた中で人に対してここまで怒ったことがないから、怒り方すらもわからない。

それでも俺は続ける。

「師匠達がせっかく休みの日にまで、時間を取ってくれたのに――」

「あっ、いや……ワシらは勝手に休みにしただけで……」

俺は折れた木材を回収した。悔しくて木材を握ったら、砂のように粉々になってしまった。

それを見ていた勇者の顔が引《ひ》き攣《つ》った。

「人の時間を奪ってまで、邪魔をするのが楽しいのか？」

「あっ、ワシらは暇だぞ？　ほら、今だって酒を飲むぐらい暇だぞ？」

ブギーさんが何かを言っていたが、俺はイライラしてそれどころではない。

「お前も俺のように一緒に働いてみるか？　あん？」

「いや、普通のやつがそんな働き方したら死ぬぞ？」

「ヴァイトニストはワシらも嫌じゃ！」

勇者はなぜか俺と師匠二人の顔を交互に見ている。

「俺が生きているので問題ないです！」

ついつい師匠達にも反論してしまった。

俺ですら大丈夫だから、みんななら尚更問題ない。

だって、俺は定職にも就いていないニートだからな。

「おい、俺をどうするつもりだ？」

勇者は怯えたような声を出す。

「ははは、もう面白くて無理だ」

「くくく、武器を作ってほしいなら態度で示すんだな」

二人は勇者を掴んで工房の外に放り投げた。勇者は勢いよく飛んでいった。

小さい体でも楽々とハンマーを振るだけの力はあるブギーさんとボギーさん。

それに思っていたよりも勇者ってヒョロヒョロで軽そうだったな。

「師匠達にせっかく手伝ってもらったのに……」

冷静になって、俺は粉々になった木材を拾って片付ける。

視線を感じて二人を見ると、ニヤニヤと笑っていた。

二人してどこか気持ち悪い笑みを浮かべている。

「なぁ、ボギー？」

「どうしたんだ？」

「師匠って言われるの、いいよな」

「ああ、ワシもそう思ったぜ」

「それにヴァイトって、怒るとヴァイトニストの勧誘をするんだな」

「くくく、まさか一緒に働くか聞くとは思わなかったぞ」

二人は俺を見てクスクス笑い続けている。

あまりの居心地の悪さに、今は勇者よりも二人の方が邪魔だ。


「ただいま！」

「おう、おかえり！」

工房の作業をなんとか終わらせて店に帰ると、バビットさんはなぜか椅子に座って休憩していた。

「夜の営業準備はしなくても大丈夫ですか？」

普段ならこの時間は営業準備に追われているところだ。

それなのに看板も片付けて、閉店後の状態になっていた。

「ああ、今日の夜から数日、商店街、商業街、生産街は動かないことになった」

「うぇ!?」

「勇者達の態度が気に食わないから、この町全体でボイコットすることにしたらしい」

俺はそれを聞いて、頭が真っ白になった。

ボイコット……?

それは俺が職業体験できないってことだろ?

時間効率を重視しているのに、休みになったら何もできないじゃないか。

「いや、さすがにボイコットまでは……」

「もうギルドが決めたことなんだ」

「本当ですか……」

どうやら町に住む人達が、各ギルドに多くのクレームを入れたようだ。

結果、ギルドを含む全てのお店や工房が数日だけボイコットすることなった。

その数日で勇者達が違う町に行くか、態度を改めることを願っているのだろう。

でも、あの感じだと数日で効果なんかあるのだろうか。

しばらくは戦闘職や生産職を中心にデイリークエストを受けることになりそうだ。

あとは新しい職業体験ができる場所を探すことを中心にやっていこう。

翌日、いつものようにステータスの確認をして一階に下りた。

【ステータス】
名前　ヴァイト
STR49（＋2）　DEX49　VIT10
AGI100　INT50（＋40）　MND60

【職業】
◆一般職
ウェイター9（＋1）事務員6（＋1）販売員6（＋1）
◆戦闘職
剣士9（＋1）魔法使い8（＋1）弓使い6（＋1）斥候5（＋1）聖職者3（＋1）
◆生産職
料理人9（＋1）解体士8（＋1）武器職人7（＋1）防具職人5（＋1）
魔法工匠4（＋1）薬師1（＋1）

昨日記憶力のなさを痛感したため、ＩＮＴに40ポイント振っておいた。

そのうちＶＩＴが必要になるタイミングもありそうだが、今のところはまだいいだろう。

一階のテーブルには酒とつまみの残りが置いてあった。

店の営業をしないため、バビットさんは遅くまで起きていたのだろう。

それにしても、いつもなら賑わっているはずなのに、今日は外が異様な静けさに包まれている。

ボイコットするだけで、ここまで変化があるんだな。

外に出てみると、昨日まで見ていた景色とは全く異なっていて驚いた。

歩いているのは勇者と思われる人達だけ。

町の人は、ほとんどが家の中で過ごしているのだろう。

触らぬ神に祟りなしということか。

「あのー、少しだけいいですか？」

突然声をかけられて俺はびっくりした。

店から少し顔を出しているだけなのに、よく気づいたな。

「驚かせてしまってすみません」

「この間声をかけてきた人ですよね？」

「あの時は町の案内をしていただいて助かりました」

声をかけてきたのは、俺が町を案内してあげた男性勇者だった。

その後ろには男女一人ずつ勇者がいた。

「少し聞きたいことがあって……お時間いいですか？」

「どうしました？」

「今日って、お休みとか、メンテナンスとかですか？」

俺は言われていることがわからずに首を傾《かし》げた。

お休みか、と言われたらお休みだ。

でも、メンテナンスっていうのはなんだろう。たしか、調整とかの意味だよな？

特に何か調整している様子はない。

みんながしているのはボイコットだからな。

「ほら、やっぱりNPCなんかじゃわからないんだろうよ！」

「そんなこと言っても、緊急クエストが出てるじゃないの！」

後ろにいる勇者達は、何か言い合いをしている。

男の勇者に関しては、口調が悪いために警戒を強めた。

「ああ、後ろのバカがすみません」

俺が後ろの二人を見ているのに気づいたのか、手前の勇者が謝ってきた。

「おい、バカって言うなよ！」

「バカだから仕方ないでしょ！」

勇者の三人は、なんとなくだが仲がよさそうだ。

後ろの男に関しては、初対面の俺から見てもバカなやつに見える。

これもＩＮＴを上げた影響だろうか。

「お休みというか、町の人達が、あなた達勇者を警戒して店を閉めているのはたしかですね」

「「「へっ⁉」」」

俺の言葉に三人は驚いている。

今までの町の状況を見て、逆にそう思わなかったことに俺の方が驚いてしまう。

「俺達が何かしたってことですか？」

「あなた達を責めているというよりは、勇者の行い全てが影響していますね」

「それってどういうことですか？」

「商店街、商業街、生産街は、基本的にギルドに所属しています。町に住む人達に暴言や暴力を繰り返していたら、こうなるのも仕方ないと思いますよ」

「僕達が外で魔物と戦っている時にそんなことがあったのか」

「それなら怒るのも仕方ないわね」

そう伝えたら、後ろの女性勇者は理解してくれたようだ。

そもそも目の前の人達も含め、初めから勇者達は選択を間違えているような気がする。

ジェイドさんやエリックさんも、師弟関係について説明しようとしたと言っていたからな。

勇者達が話を最後まで聞かずに、自分勝手に行動した結果が今に繋がるのだろう。

「じゃあ、俺も行くところがある――」

俺がデイリークエストのために冒険者ギルドに行こうとしたら、勇者に腕を掴まれた。

「お願いします！　何かみなさんとの関係を修復する方法を知りませんか。少しヒントをもらえるだけでもいいんです」

それは自分達で考えろと言いたい。

俺は昨日工房で被害に遭ったばかりだからな。

だが、しっかり腕を掴まれると振り払うのも忍びない。

俺はＩＮＴを高めた頭をフル回転させて考えた。

勇者達が行動を改めたら、ひょっとして、俺のヴァイトニスト活動が早く再開できるかもしれない。

せっかく元気な体を手に入れたのに、何も予定がないとつまらない。

「今から冒険者ギルドに行くので、ヒントが欲しいならついてきてください」

俺の言葉に、話しかけてきた勇者は嬉しそうな顔になった。

だが、そうは言ったものの、修復したいって言われても、何をさせればいいんだろう……

まぁ、それは勇者達が考えることだ。

それとも、ヴァイトニストの世界に勧誘するのもありなのだろうか？

「なんか寒気がしないか？」

「バカでも風邪を引くんだね」

「おいコラ！」

勇者達は冒険者ギルドに行くだけでも騒がしかった。


道中、俺はとりあえず今まで何をしていたのか順を追って聞くことにした。

「……ってことは、冒険者ギルドに登録したら、すぐに魔物討伐に向かったってことですか？」

「そうです」

「中々、無謀《むぼう》なことをしますね」

勇者達は冒険者ギルドに登録だけして町の外に出たらしい。

その時に使いたい武器を購入して、外で魔物の討伐をしたそうだ。

勇者達にはレベルという概念があり、魔物を倒してレベルを上げると強くなるらしい。

本当に勇者ってゲームの主人公のような存在なんだな。

しかも戦闘職の才能も異質で、基本的に剣士ならジェイドさん、魔法使いならエリックさんに話しかけるだけでその才能が開花するらしい。

それはそれでジェイドさん達がすごいのか、勇者達がすごいのかわからないが。

ちなみに俺に話しかけても、特に何も変化がなかったらしい。

うん、俺はただのヴァイトニストだから仕方ない。

まだまだ定職に就いていない、職業体験をしている身だからな。

冒険者ギルドに着くと、冒険者は中におらず、職員が町の人からの依頼のみ受付をしていた。

「こんにちは！」

「ヴァイトくん、こんにちは！」

「あいつの名前バイトらしいぞ」

俺が職員に挨拶をしていたら、後ろにいたバカの勇者がクスクスと笑った。

「ちょ、あんた静かにしなさいよ！」

「痛っ⁉」

男性勇者を女性勇者が叩く。

彼女はどういうことが影響して、今の状況になっているのか気づいているようだ。

「ヴァイトって名前なんですね。僕の友達が失礼しました。遅くなりましたが、僕の名前はアルヴェル・ライジング・ネビュラソード・インフェルノ・マキノだ。アルと呼んでください」

「アルヴェル・ライジング・ネビュラソード・インフェルノ・マキノさんですね。ぜひアルと呼ばせてくださいい」

町を案内してあげた彼が謝ってくれたのだが、それよりも名前がとにかく長かった。

ＩＮＴが低かったら全く覚えられなかっただろう。

「あいつ頭がいいんだな。俺は全く覚えられなかったぞ」

「あんたがバカだからに決まってるじゃないの！」

「なっ!?」

二人はお付き合いをしているのだろうか。

さっきからずっと夫婦漫才《めおとまんざい》のようなことをしている。

男性勇者が少し拗ねて顔を背けた時、女性勇者が俺の方を見てきた。

「あ、私はラブ。よろしくね」

「うん、よろしく」

名前を聞いて覚えたことで、アルとラブの頭上に名前が浮かんでくるようになった。

「ヴァイトくん、この勇者達は……大丈夫なのかしら？」

「あー、俺もさっき声をかけられただけだから、わからないですね」

職員に返した俺の言葉に、三人は俺達を交互に見ていた。

今わかっているのは、名前が長いやつ、頭が弱いやつ、夫婦漫才のツッコミ役のやつの三人組ということぐらいだ。

「まぁ、どうしたらいいのか困っているような感じではあるみたいです」

「反省しているならいいけどね」

職員がジーッと勇者達を見つめていたら、二人はすぐに頭を下げた。

ちゃんと反省はしているような気がする。

関係性を解決するには地道な努力が必要になりそうだ。

勇者達の会話からわかったのは、ジェイドさんやエリックさんと話して、才能を見つけてもらったのは俺と同じだったこと。

ただ、勇者と違う点は、その後も定期的にアドバイスを受けながら様子を見てもらっていることだ。

俺の知っている勇者はナコぐらいだが、彼女はユリスさんに指導されながら楽しそうにポーションを作っていた。

「アドバイスってそんなに大事なんですか？」

アルがそう聞いてくる。

ひょっとしたら、師弟関係の重要性も聞いてはいないのだろうか。

「この世界は師弟関係が重要になってくる。師匠と弟子、どっちにも利点があるし、師匠は弟子が持っている才能を開花させるまで面倒を見てくれる」

これは、俺もこの世界に来てすぐに教えてもらったことだ。

「剣士になるためには、毎日剣を千回振ればいいんじゃないんですか？」

「それは一般的に言われている剣士になるための目安よ」

ん？

俺のデイリークエストって十回剣を振ればいいだけだぞ。

勇者達は千回必要なのか。桁が二つも違う。

それとも才能の基準が違うのだろうか。

「魔物を倒して、見習い剣士としてレベルが上がっているけど、これは意味がないのかな……」

えっ……見習い剣士ってなんだ？　剣士って剣士から始まるんじゃないのか？

ＩＮＴが上がっても、俺の頭の中は混乱している。

「見習い剣士ってまだ見習いよ？　剣士になるまで師匠にアドバイスをもらって、やっと一人前の剣士になるものよ」

　そう職員が教えてくれた。

「ってことは、このままずっと魔物を倒していても見習い剣士には変わりないってことか」

「それに一人前の戦闘職になったら、師匠から武器をプレゼントされるわよ？」

「「へっ……？」」

　勇者達は自分で武器を買ったと言っていた。

　その影響で食事も削って、お腹を空かしているぐらいだ。

　武器をもらえると聞いて驚かないはずがない。

「やっぱりチュートリアルのスキップがよくなかったのか」

「俺も話を聞かなかったからな」

「私も」

　勇者達は思い当たることがあったみたいだ。

　それにしても、チュートリアルとはなんだろうか。

「チュートリ――」

「やっぱり家にいたら暇だから……おっ、ヴァイトじゃないか」

「なんか今日は面倒な人達を連れているみたいだけどね」

勇者にチュートリアルについて聞こうと思ったところで、ジェイドさんとエリックさんが冒険者ギルドにやってきた。

エリックさんって優しい見た目をしているが、思ったよりもチクチク攻撃するタイプのようだ。

「あのー、僕にもう一度剣を教えてもらえませんか？」

「私にも魔法を教えてください」

そんな二人にアルとラブは駆け寄ったが、当の二人は難しそうな顔をして俺を見てくる。

目で俺に、こいつらは大丈夫なやつらなのか、と聞いているのだろう。

「ヴァイトさん……」

助けを求める子犬のように、勇者達も俺を見てくる。

そんな目で見られたら、無視するわけにもいかない。

「教えてもいいんじゃないですか？」

俺の言葉に勇者達は目を輝かせた。

実際にはないが、ブンブンと大きな尻尾を振っている犬のように見える。

「じゃあ、訓練場に行こうか」

「「はい！」」

二人の勇者はジェイドさんとエリックさんとともに訓練場に向かっていく。

あれ？

頭の弱いやつは一緒に行かなくてもいいのか？

「おい、俺はどうしたらいいんだ？」

「一緒についていったらどう？」

さっきから会話に入っていないと思っていたが、一人だけその場に取り残されてしまっていた。

「俺は見習い拳闘士《けんとうし》だから師匠が――」

「よし、一緒に探そうか！」

「うぇ⁉」

こんなところで新しい職業を知れるとは思わなかった。

拳闘士とは一度も会ったことがないからな。

俺は頭の弱い勇者を担いで、拳闘士を探すことにした。

第九章　社畜、友達ができる

「おいおい、なぜ俺を担ぐ!?」

「だって、足が遅いじゃないですか」

以前、ナコを抱きかかえた時に気持ち悪いと言われたので、今回は抱えるのではなく担いでみた。

まず、情報をたくさん持っていそうなバビットさんのもとへ向かう。

「バビットさん、大丈夫ですか？」

「ああ、昨日飲みすぎ……そいつは誰だ？」

店に戻るとすでに起きていたが、具合が悪そうだった。

バビットさんの視線は、俺の肩の上の勇者に向いている。

「あー、頭が弱い勇者――」

「俺はユーマ・シーカだ」

「うま・しか？」

「それは馬鹿じゃないか！　俺はユーマだ」

どうやら俺の聞き間違いのようだ。

馬と鹿ってそのまま読むとバカだったはず。お似合いじゃないか。

ユーマを肩から下ろすと、ギロリとバビットさんがユーマを睨んだ。

「おい、俺の大事なヴァイトに何かしたんじゃないだろうな？」

「ヒイイィィ!?」

あまりの迫力に、ユーマは俺の後ろに隠れた。

たしかにバビットさんは見た目だけなら、料理人より冒険者とかの方が合っている。

ただ、バビットさんでビビっていたら、解体士に会ったら絶対おしっこを漏らすだろう。

「新しい職場体験を教えてもらおうと思ってね」

二人だけでは話が進まなさそうなので、俺が本題を切り出した。

「おいおい、ヴァイトよ？　今は働かなくてもいいんだぞ？」

「なんかユーマが拳闘士の才能があるらしいんだけど、師匠が誰かわからなくて」

「拳闘士ならレックスの……あっ……」

「バビットさん知ってるんですか！」

やはりバビットさんは色々な人を知っている。

ユリスさんのことも黙っていたし。

「そのレックスはどこにいるんだ？」

「はぁん!?」

「ヒイィ!?」

ユーマがバビットさんに聞いたが、俺の時と違ってバビットさんは答えない。

まぁ、勇者だしな。ただ、レックスさんがどこにいるかの情報は必要だ。

「バビットさん教えてください！」

「お前……」

「最悪ユーマはその辺に捨てておけばいいので！」

「おいおい、俺はゴミじゃないぞ」

「あっ、馬鹿だったね」

「ぬあああああ！」

ユーマは悔しがって、その場で地団駄《じだんだ》を踏んでいる。

からかうと面白いから、ついつい意地悪をしてしまう。

学校に通っていたら、きっとこんな友達もできただろう。

そんな俺達を見て、バビットさんは微笑んでいる。

「ははは、仕方ねえな。家を教えてやるが、あいつを連れ出すのは大変だぞ？」

レックスさんはたまにしか家の外に出ない男らしい。冒険者なのに、出不精《でぶしょう》なんだろうか。

それでも俺のデイリークエストはきっかけさえあればいいから、一回教えてもらえれば問題ない。

大変なのはユーマの方だろう。俺達は早速バビットさんに聞いた家に向かうことにした。

「おい、またこのスタイルで行くのか？」

「こっちの方が速いからね」

俺はユーマを肩に担ぐと、全力で走り出す。

そんな俺達をバビットさんは手を振りながら見送ってくれた。


「ここでいいのか……？」

「バ……ユーマとは違うから、俺は道を間違えたりしないさ」

「おまっ!?　またバカって言おうとしただろ」

俺はとりあえずにこりと微笑んだ。

「ほらほら、中に入らないとレックスさんに会えないぞ」

「くっ……」

俺はユーマを押しながら、入り口の目の前までやってきた。

外から見ただけで、異常さがわかってしまう。

「ああ、冷や汗が出てきた……」

「勇者なのに？」

「うっせー！」

「ここはくっせーじゃなくて？」

教えてもらったレックスさんの家は、外から見てもわかるほどのひどいゴミ屋敷だった。

庭にもゴミが溢れ出ているし、辺り一帯が臭い。

「よし、行くぞ！」

ユーマが扉に手をかける。

——ドン！

「朝から騒がしいのは誰だ！」

その瞬間、扉が勝手に開いた。

その影響でユーマは扉に勢いよく押されて、庭のゴミ山に飛んでいく。

俺は自分で開けなくてよかったと、心の底から思った。

それよりも、まずはこれを言わなくちゃ。

「拳闘士について教えてほしいです」

俺はすぐに家に来た目的を伝えた。

「はぁー」

「うっ……」

レックスさんのため息ですら、鼻にツーンとくる刺激臭がすごい。

見た感じ頬が赤く染まり、ふらふらしている。

「おい、おっさん！　酒を飲んでいるだろ！」

ゴミ山から抜け出したユーマが指をさして言う。

「朝から酒を飲んで何が悪いんだ！」

そりゃ悪いだろう。

短い髪の毛もボサボサで、みすぼらしい格好をしている。

本当に拳闘士なのかと疑問に思うほどだ。

「酔っ払っていないで、俺の拳闘士の師匠になってくれ！」

「はぁん？　誰がお前達なんかに教えるか。教えてほしければ弟子っぽいことをするんだな」

【依頼クエスト】
依頼者：レックス　内容：家の掃除　報酬：レックスの好感度上昇、特別指導

突然目の前に半透明の板が出てきて驚いた。

俺だけではなく、ユーマも同じ反応をしていた。

依頼クエストというのは初めてだ。勇者と行動しているからだろうか。

そんなことを考えながらどうするか考えていると、ユーマが俺の方を見てきた。

「ヴァイト、頼む！　掃除を一緒に手伝ってくれ！」

「嫌だよ。やる意味がないじゃん」

きっとユーマに教えている途中で一緒に参加すれば、俺のデイリークエストは出てくるだろう。

弓使いと斥候の時はそうだった。

声をかけて少し話を聞くだけでも、デイリークエストが出てきたからな。

掃除をするなんて時間の無駄でしかない。

「なぁなぁ、友達の頼みだろ？　俺一人じゃどうしようもないじゃん」

たしかに、このゴミの山だと一人じゃ片付けきれないだろう。

それに、友達と言われてしまうと悪い気はしない。

「俺ってユーマと友達だったのか？」

「なっ、そんな寂しいことを言うなよ！　俺と濃厚な体の接触をしたじゃないか！」

うん……これはユーマと友達になるのをやめた方がよさそうだ。

それに、俺にはデイリークエストというやることがすでにたくさんあるからな。

俺がその場から離れようとしたら、ユーマが必死に俺の服を掴んできた。

「ヴァイト頼むよー！」

ユーマぐらいなら簡単に投げられそうだが、どこか犬みたいな顔で頼まれると断りづらい。

我が家で飼っていたゴールデンレトリバーのチビに似ている……気がしなくもない。

「なぁ、俺のために手伝ってくれよ！　今度お店に食べにいくからさ」

バビットさんの店のためなら仕方ないか。

「絶対食べに来いよ」

「おう！」

俺はユーマとともにレックスさんの家を掃除する依頼を受けることにした。

しかし、早速掃除を始めようとすると、掃除道具が見当たらない。

ブラシと桶を店へ取りに戻ろうとしたら、ユーマは何かを試していた。

「インベントリだとあまり入らないよな」

ユーマがゴミに触れると、ものがどこかに消えていく。

そういう魔法が存在しているのだろうか。

「それはどういう仕組みになっているんだ？」

「ん？　インベントリのことか？　それともこのＨＵＤ《ヘッドアップディスプレイ》システムのことを言っているのか？」

俺は首を傾げた。

あの半透明な板のことをインベントリ、もしくはＨＵＤシステムと言うのだろうか。

「ああ、ＮＰＣに言っても難しいか。ＨＵＤシステムは、空中に画面が見えて、そこでステータスとかスキルが確認できるようになっている」

「へぇー。バ……ユーマに何かを教えられるなんて思わなかった」

「なっ、俺が丁寧に教えたのに！」

ユーマはそう言って笑いながらも、ＨＵＤシステムとインベントリについて教えてくれた。

ユーマの説明が正しければ、俺が今まで見ていた謎の半透明な板はＨＵＤシステムで、そこにあるステータスボード、デイリークエスト、職業欄を見ていたことになる。

やっと正体がわかって、俺としては満足だ。

もしかしたら、俺にもインベントリというものが使える日がくるのかもしれない。

「よし、とりあえず十種類はインベントリに入ったな」

「十種類って気の遠くなる作業だな……」

目の前にはいくつもゴミが放置されている。

小さいゴミでもインベントリでは一つとして収納されるらしい。

「効率を上げるなら、袋にゴミを入れた方がよさそうだな」

バカのはずなのに、ユーマが珍しくまともなことを言った。

「なら、バビットさんから袋をもらってくるよ！」

俺は袋を取りに行くために店に走った。

店に戻るとジェイドさんやエリックさん、そしてアル達が中にいた。

「この世界に来て、こんなに美味しいものを食べたのは初めてです」

「おっ、なら料理人になるか？」

「たしか勇者なら二種類まで職に就けるらしいもんな」

どうやらアル達は訓練を終えて、ここで休憩をしているようだ。

「ヴァイトおかえり！　あのバカはどうしたんだ？」

「あー、バ……ユーマはレックスさんの家を掃除することになったよ」

「やっぱり、また部屋を汚していたのか」

レックスさんの家が汚いのは当たり前のことらしい。

バビットさんの言葉に、ジェイドさんとエリックさんの二人も頷いている。

「ユーマも、その辺で寝ている人に声をかけたら見習い拳闘士になった、って言っていたからね」

アルがそう教えてくれる。

「ははは、レックスは酔っ払うとよく家の外で寝ているんだよ。家の中のベッドがゴミで埋もれているからな」

ジェイドさんの言うように、たしかにあの家の中に寝られるスペースがあるようには思えない。

「それで急いでどうしたんだ？」

「ああ、ゴミを入れる袋を取りに帰ってきたんだった！」

俺はバビットさんにたくさんの袋をもらうと、急いでユーマが待つレックスさんの家に戻った。


レックスさんの家に戻ると、俺はユーマとすぐに掃除に取り掛かった。

袋にものを詰められるだけ詰めて、インベントリに入れてから捨てに行く。

この作業を延々と繰り返す。

度々なぜ俺までやらないといけないのかという考えが頭をよぎるが、これも友達のためだと甘んじて受け入れるとしよう。

「ほら、早くゴミを捨ててきて！」

俺は袋にゴミを入れると、ユーマにポンポン渡していく。

だんだんユーマがインベントリに入れるよりも、俺が袋にゴミをまとめる方が早くなった。

「よし、入れ終わ――」

「ゴミ捨て場に行くよ！」

俺はユーマを肩に乗せると、ゴミ捨て場まで走っていく。

ゴミ捨て場は住宅街から少し離れたところにあるが、距離としてはそこまで遠くない。

ただ問題なのは、住宅街を通るということだ。

「ねぇねぇ、ママ……あれ何？」

「あれは……マネしたらダメよ」

外で遊んでいた親子が俺達を見てそう言っていた。

子ども達よ、ヴァイトニストのマネをしてもいいが、ユーマのマネはしたらダメだぞ。

俺はそんなことを思いながら、レックスさんの家とゴミ捨て場を何度も往復した。

「はぁー、やっと終わった」

「おう、俺のためにお疲れ様！」

気づいた時には日が暮れていた。

俺の肩を叩くユーマにイライラしてしまう。

時間的に、今日はデイリークエストを全て終わらせることはできないだろう。

「これで依頼クエストが終わったな」

「俺の時間を奪いやがってー！」

俺はユーマの頬をグリグリと擦った。

もちろん、ゴミを掴んでいた手でそのままグリグリとだ。

「ぬおおおお！　くっせえええええ！」

「お前のせいだあああああ！」

ここぞとばかりに手についた悪臭を擦りつけたら、気分がスッキリした。

真剣に掃除をしていると匂いにも慣れてくるが、それでもずっと臭かった。

「おお、お前ら、本当に掃除をしたのか……」

邪魔だからと追い払ったレックスさんが戻ってきた。

本当に掃除をするとは思っていなかったのだろう。

「ちゃんと床も磨きましたし、中もピカピカですからね」

「ああ……」

「これで逃げたらどうなるかわかってますか？」

俺は汚れた手をレックスさんに向ける。

だが、よくよく考えてみるとレックスさん自体が汚いから、これは意味がないな。

俺は前に出した手をすぐに戻した。

「明日からちゃんと――」

「今からです！」

レックスさんの言葉を遮って、俺は大きな声ではっきりと言った。

この人は俺達が急いで掃除したのに、指導を明日からにするつもりのようだ。

「はぁん!?」

「時間は有限です！　今すぐに行きますよ！」

俺はユーマとレックスさんを抱えて、そのまま冒険者ギルドに向かった。


昨日はあのあと、デイリークエストをできるだけクリアしてから帰ってきた。

ちなみにその結果得られたステータスはこんな感じだ。

【ステータス】
名前　ヴァイト　ポイント21
　STR49　DEX49　VIT10
AGI100　INT50　MND60

【職業】
◆一般職
ウェイター9　事務員6　販売員6
◆戦闘職
剣士10（＋1）魔法使い9（＋1）弓使い7（＋1）斥候6（＋1）
聖職者3　拳闘士1（＋1）
◆生産職
料理人10（＋1）解体士9（＋1）武器職人7　防具職人5
魔法工匠4　薬師1

無事に拳闘士のデイリークエストも出現し、その内容は、一日一回模擬戦《もぎせん》をすることだった。

誰と模擬戦をしてもいいみたいで、ユーマを放り投げたらちゃんと一回としてカウントされた。

本当にそれでいいのかと思ったが、デイリークエストが終わるなら問題ない。

「ヴァイト、起きたか？」

一階からバビットさんの声が聞こえてくる。

——ドスン！

ベッドから出ようと思ったら、そのまま床に崩れるように倒れた。

「ヴァイト大丈夫か⁉」

急いで部屋に入ってきたバビットさんは、倒れている俺に気づいて駆け寄ってきた。

なぜか、病気の時みたいに力が全く入らない。

この世界に来ても、また俺は病気になってしまったのだろうか。

バビットさんは俺の額と首に触れる。

「お前……熱があるじゃないか！」

「へっ……」

全く動けない俺は、バビットさんに抱えられてベッドに寝かされた。

バビットさんは俺の服を捲って体を見てくる。

「ちゃんと食べているのに……ガリガリじゃないか！」

ご飯は基本的にバビットさんといる時にしか食べていない。

たくさん動いている影響で消費エネルギーが多く、痩せてしまっているのだろう。

「すぐにユリスを呼んでくるから待っていろよ！」

そう言ってバビットさんは急いで部屋を出ていった。

そのままユリスさんが来るのを待っていると、俺はいつの間にか眠ってしまった。

何かをすりつぶす音が耳に入ってくる。

その音が気になり、俺は目を覚ました。

「あっ、ヴァイトさん、気づきましたか？」

そこにいたのは、ユリスさんではなく、ナコだった。

なぜ彼女がここにいるのだろうか。

「あっ！　ユリスさんは違う人に薬を届けに行っているので、代わりに私が薬を調合しています」

何も言っていないのに、ナコは俺が気になっていたことに答えてくれた。

ナコは話しながらもすり鉢のようなものに何種類もの乾燥した葉を入れて混ぜ合わせている。

ポーションの作り方は聞いたが、俺は薬の調合の仕方をまだ知らない。

ナコは俺よりも優秀な見習い薬師のようだ。

「これが解熱剤《げねつざい》で、こっちが抗生物質《こうせいぶっしつ》になります」

ナコが差し出す薬を見ると、前世を思い出してしまう。

あの時も薬をよく飲んでいたからな。俺はゆっくり体を起こして薬を受け取った。

「ありがとう」

「いえいえ、昨日は大変だったらしいですね」

「ずっと掃除をさせられていたからね」

粉薬を口に入れて水で流し込む。

久しぶりの苦さだが、問題なく呑み込めた。

「不味くなかったですか？」

「うん、苦いけど大丈夫だったよ」

嚥下《えんげ》機能が落ちると、薬も口から摂取ができなくなる。

病気で全く呑み込む力がなかった俺は、点滴で薬を体に入れていた。

最後は全身を管に繋がれていたため、この薬の苦さも懐かしく感じる。

「それならよかったです」

そう言ってナコは笑った。

そういえば、ナコは他の勇者達のようにぞんざいに扱われていないだろうか。

年齢的には妹と同じぐらいだから、どこか心配になってしまう。

「ナコは大丈夫だったか？」

「私ですか？」

ナコはしばらく考えていたが、俺の言葉の意味がピンとこないようだった。

「ふふふ、私は風邪を引いてないですよ？」

笑いながらそう返されてしまった。

どうやらユリスさんと師弟関係になった影響で、町の人から何か言われた、などはなさそうだ。

「おっ、ヴァイト、大丈夫か？」

部屋にバビットさんが入ってきた。

覗き込んでくる心配そうな表情がどこか父と重なった。

「お前は働きすぎだぞ！　若いうちはＶＩＴが低いから気をつけろよ」

バビットさんは何を言っているのだろうか。

まるでＶＩＴが風邪予防にいいと言っているように聞こえる。

「ＶＩＴって防御力なのに、それで体が丈夫になるんですか？」

ナコがバビットさんに問う。

「ああ、ＶＩＴは体の丈夫さを数値化したものだからな」

うん？

それは物理的に強くするって意味もあれば、健康って意味合いもあるってことなのか。

「ＶＩＴが高いと風邪を引かないってことですか？」

「ああ、大人になるまで基本ＶＩＴは低いからな。風邪を引きやすいってことだ」

それを聞いて、今回風邪を引いた理由が明確になった。

俺はステータスの中でＶＩＴの必要性を全く感じていなかった。

外に出て魔物と戦うこともないから、役に立たないと考えポイントを振っていない。

それがこんなところで影響してくるとは思いもしなかった。

「まぁ、今日はゆっくり休めよ！」

「私もそろそろ帰りますね。ヴァイトさん、お大事にしてください！」

そう言ってバビットさんとナコは部屋から出ていった。

俺は早速ＶＩＴに持っているステータスポイントを全て振ることにした。

【ステータス】
名前　ヴァイト
ＳＴＲ49　ＤＥＸ49　ＶＩＴ31（＋21）
ＡＧＩ100　ＩＮＴ50　ＭＮＤ60

すると、どこか体がスッキリした気がする。

まるで体から毒素のようなものが抜けていくようだ。

これがＶＩＴを上げた効果なんだろう、それでもまだ気だるさは残っていたが。

これで薬の効果が出てくると、少しずつよくなってくるだろう。

もしかするとステータスの中で、ＶＩＴが一番大事な気がした。

もう病気で苦しむことはしたくない。

昼からはできるだけデイリークエストを受けたいな。そのためにも今は寝て、回復を最優先としよう。

と考えていたのだがそのまま眠ってしまい、昼過ぎに起きた俺はデイリークエストのために外に出ようとしたが、バビットさんに見つかりもちろん止められてしまった。

その後、逃げ出さないように縄で縛られてしまったが、それもまたいい初経験になった。

◇　◇　◇

私は今日も親友の咲良の家に寄ってから学校に向かった。

ゲームを始めてから毎日楽しい日々を過ごしているが、咲良もやっているだろうか。

あれから連絡もないからな……。

そんなことを考えながらインターホンを鳴らした。

「あっ、奈子ちゃんおはよう！」

「おはようございます！」

今日も咲良のお母さんが対応をしてくれた。前よりも表情が明るくなって、ふっくらとしてきた。

咲良のお母さんは、少しずつ元気になっている。

ただお母さんの表情からして、きっと今日も咲良は休みかな。

毎日迎えに来ているが、迷惑になってないだろうか。

「あっ、奈子ちゃんゲームはどうだった？」

きっと、考えごとをしていたのが顔に出てしまったのだろう。

「すごく楽しいですよ！　私はただひたすらお祈りと薬を作ってばかりですけど……」

「最近のゲームは変わっているんだね」

変わっていると言えば変わっている。

今までゲームをやってきた人達も、このゲームには手こずっていると話題になるぐらいには。

「本当にリアルな世界で、今はプレイヤーが町の人達の話を聞かなかったことが発端《ほったん》で、問題になっているんです」

ゲームの配信が始まって、数日した頃に緊急クエストというのが全プレイヤーに表示された。

その内容はＮＰＣ達からの好感度を上げろというものだった。ただ、私はユリスさんと仲がよかったため、問題にはなっていない。

今でもユリスさんの家で下宿しているし、教会に行ったら神父さんがたくさん話をしてくれる。

一部の横暴なプレイヤーのせいで、全てのプレイヤーが悪いやつという印象になってしまったのだろう。

事前にあれだけチュートリアルで説明を読み上げてもらったのに、大半の人はちゃんと聞いていなかったに違いない。

リアルな世界と聞いていたから、私は怖くて話のスキップもできなかっただけだけど。

「昔のゲームのようにツボを投げたり、樽を割ったり、タンスを勝手に開けた人もいるんですよ」

「ははは、みんなそういうゲームを一回は経験しているものね」

そもそも、勝手に家に入ったら不法侵入になってしまう。

他にも一部のプレイヤーが武器店に文句を言って、強奪《ごうだつ》のようなことをしたとも聞いた。

ゲームとはいえ、あれだけリアルな世界で、よくそんなことができたものだと逆に感心してしまう……

まだまだリリースされてから数日しか経っていないから、今後どうなるかわからない。

注意しておいて損はないだろう。

「面白いゲームってことは咲良にも伝えておくね！」

「ありがとうございます！　じゃあ、行ってきますね！」

私はそう言って咲良のお母さんと咲良の部屋に向かって手を振った。

学校に到着すると、もちろんみんなの会話の内容はゲームのことだった。

「なぁ、聞いてくれよ。この間、ご飯を安くしてくれって言ったら、ＮＰＣに投げられたんだ」

「ははは、俺も野菜店の店員を脅したら変な男に転ばされたわ」

どうやらクラスの中にも、ＮＰＣを脅している人達は一定数いたようだ。

エルフ族や獣人族など、違う種族でプレイしている人達の話では、人族とは全く世界観が異なっているらしい。

そんな中、気になる話をしている人達がいた。

「なぁ、ヴァイトが風邪を引いたらしいぞ。俺をバカって言ったから呪われたんじゃないか？」

「あんたがバカなのはその通りじゃないの！　バカは風邪を引かないって言うしね？」

「また俺のことをバカって言いやがって……」

「あの人に無理やり依頼クエストを手伝わせといて、お見舞いには行ったの？」

「いや、行ってないぞ？」

「はぁー、このままだとまたＮＰＣの好感度は下がっていくだろうね」

どうやら飲食店で働いているヴァイトさんの話をしているみたい。

昨日風邪を引いたヴァイトさんのために薬を調合したから、人違いではないだろう。

もう治ったかな？

「あっ、ひょっとしてなこちんもやってるの？」

私が見ていたことに気づいたのか、女子生徒の長谷川愛《はせがわあい》さんが声をかけてきた。

いつもみんなと分け隔てなく話している、すごく元気な子だ。

引っ込み思案な私にも気軽に話しかけてくれる。

「えーっと、ヴァイトさんの話が気になって……」

「えっ、なこちんもヴァイトを知っているの⁉」

「マジかー、ヴァイトのことを知っているのは俺達だけだと思ったぜ」

どうやらヴァイトさんはレアなＮＰＣなのではないかと思われているらしい。

たしかにいつも忙しそうにしており、ＮＰＣなのに特定の場所にいない。

ユリスさんは飲食店に住んでいる社畜の子だと言っていたが、実際に薬を調合しに行った時は本当に飲食店の二階にいてびっくりした。

「僕達はヴァイトに助けてもらったもんね」

「奈子はどうやってヴァイトと仲よくなったんだ？」

眼鏡をかけた真面目な槙野道《まきのあゆむ》くんと、少し強めな口調だが笑顔が特徴的な志鹿悠馬《しかゆうま》くんも話しかけてきた。

みんな性格がかなり違いそうなのに、幼馴染のためか、よく一緒にいるのを見かける。

「私の場合は住宅街で迷子になっているところを助けてもらいました」

「ははは、あいつまるでヒーローじゃん！」

「実際に私達のヒーローだからね？」

出会い方は様々だが、みんなヴァイトさんに助けてもらったようだ。

あの時、初めてお姫様抱っこをしてもらったことを思い出すと、少し恥ずかしくなってくる。

「ちなみになこちんは、なんで住宅街に行こうとしたの？」

「あっ……えーっと教会があって、咲良ちゃんが元気になるようにと……」

「もう！　なこちん健気《けなげ》で可愛いわ」

急に愛さんが抱きついてきて、私はその場で戸惑って固まってしまった。

そんな私を見て悠馬くんと道くんは笑っている。

「それで奈子はなんの職業にしたんだ？　俺は拳闘士だ」

「私は魔法使いだよ」

「僕は剣士です」

三人が順番に教えてくれる。やっぱりみんなは戦える職業にしたんだね。

私なんて両方とも戦闘に不向きの職業だ。

「聖職者と薬師です……」

「「「えっ……」」」

その場で三人は顔を見合わせた。私は何か問題を起こしたのかな？

今は二つの職業を選ぶのではなく、一つに絞った方がいいという話が出ているからだろうか。

普通に住宅街にいたら転職クエストが出てきたし、あの時は断りづらかった。

「なこちん、たぶんそれ、レア職業だよ」

「レア職業？」

「そうそう、まだ情報が集まっていない職業のことだよ！」

どうやらゲームの攻略サイトには、職業についての情報が集められているらしい。

その中で聖職者と薬師は、まだまとめられていないと愛さんは言った。

実際に家に帰ってから確認したが、聖職者と薬師の情報は全くなかった。

きっと今日で見習い期間が終わり、私は聖職者、薬師へと転職することになるだろう。

私はいつの間にかレア職業の道を進んでいたようだ。

第十章　社畜、急成長する

あれから町の中の雰囲気も少しずつ落ち着いてきた。

勇者にもいい人と悪い人がいるとみんなわかったのだろう。

「おーい、ヴァイト！　模擬戦しようぜー！」

「朝からバカはうるさいな」

「おい、またバカって言っただろう」

「いや、寝言《ねごと》だ」

「それは言ってるじゃないか！」

最近は毎朝ユーマが呼びにくるようになった。

その理由は、俺と模擬戦をしないといけないからだ。

見習い拳闘士から拳闘士に転職するのに、同系統の戦闘職と戦う必要があるらしい。

師匠であるレックスさんが模擬戦をしてくれないため、俺に頼るしかないのだという。

ちなみに俺も、そのおかげでだいぶ成長した。

【ステータス】
名前　ヴァイト
STR100　DEX100　VIT100
AGI100　INT100　MND100

【職業】
◆一般職
ウェイター13　事務員10　販売員9　音楽家《おんがくか》3　踊《おど》り子《こ》3
◆戦闘職
剣士15　魔法使い14　弓使い12　斥候11
聖職者8　拳闘士6　ガーディアン4　槍使い4
◆生産職
料理人15　解体士14　武器職人11　防具職人9　魔法工匠8
薬師6　裁縫師《さいほうし》3　陶芸家《とうげいか》2

ステータスに関しては全てが大事だと思い、どれも均等に上げる方向性にした。
力仕事にはＳＴＲ。
精密作業にはＤＥＸ。
たくさん働く元気な体作りのＶＩＴ。
効率よく動くためのＡＧＩ。
物覚えをよくするＩＮＴ。
複数課題《マルチタスク》をするＭＮＤ。
全てのステータスがヴァイトニストには必要となる。
ちなみにこんなステータスの俺が、まだ見習いのユーマと模擬戦をすると――
「ありゃー！」
簡単に投げ飛ばせるだけの力の差がある。
勇者って、思っているよりも弱かった。
勇者は基本的に魔物を倒すことで強くなっていくらしい。
そう聞くと勇者だけがゲームの主人公のようだ。
「おっ、これで俺も拳闘士になったぞ！」
「はぁー、やっとバカの子守りも――」

「また俺のことをバカって言っただろう！」

俺に投げられても楽しそうに戻ってくるユーマは、かなりの変わり者だろう。

いつも一緒にいた勇者の二人は先に転職して、すでに冒険者として町の外で魔物を倒しているらしい。

「そういえば、ヴァイトは冒険者として活動しないのか？」

「俺か？　いや、俺はまだどこのギルドにも所属していないからな」

俺は未だに職業体験をしているため、どこのギルドにも所属していない。

色々な師匠にそろそろギルドに入れと言われるが、職業体験をすればするほど、ギルドへの所属が遠のいていく。

決して俺が優柔不断なわけではない。

もとから一つに決める気がないだけだ。

「よし、じゃあ俺は次のところに行ってくるからな！」

「おっ……おい！　せっかくお礼に飯でも奢ってあげようかと思ったのにな」

訓練場にはたくさんの勇者達がいて、ユーマの声は俺には聞こえづらかった。

その後、冒険者ギルドで一般職のデイリークエストを終えると、俺はすぐに生産街に向かった。

その時の移動は、誰にも見つからないように素早く移動しながら、時折華麗なステップと口笛を忘れない。

ちなみに華麗なステップを踏んで口笛を吹くと、踊り子と音楽家のデイリークエストがクリアとなる。

「おっ！　ヴァイト来たか！」

俺が向かったのは、ブギーさんがいる武器工房だ。

「最近、ブギーさん小さくなりました？」

「いやいや、お前が急成長したんだろ！」

ＶＩＴにステータスポイントを振り始めてから、身長が高くなっていった。

今は百八十センチメートルちょっとぐらいありそうだ。

「今日も工房借りていいですか？」

「ああ、他のやつも勝手に使ってるから、いいぞ」

ブギーさんのところでも、やっと勇者の弟子を取るようになった。

「今日は小さな槍を作ろうと思っています」

俺はショートスピアをいくつか作る予定だ。ただ、使い方が普通のショートスピアとは違う。

この間、試しに小さな槍を矢の代わりにして放ってみたら、弓使いと槍使いのデイリークエスト

の両方がカウントされていた。

それで問題ないならと、ショートスピアを用意することにしたわけだ。

「うまく矢の代わりになりますかね？」

「ものによっては代わりになると思うが、またおかしなものを作るんだな」

ブギーさんからしたら、俺の考えることは変わっているように感じるのだろう。

そもそも矢の代わりに槍を放とうとする考えは特殊みたいだ。

「作るのも簡単だから、よさそうじゃないですか？」

「矢とは違って鏃《やじり》がなくて羽も違うが、うまく飛ぶのか？」

「それはやってみないとわからないですね」

矢としては用を成さなくても、最悪一本ずつ槍投げのように使えばいい。

俺は簡単に図面を描いて早速作っていった。

ステータスの影響か、前よりも考えたものが作りやすくなった。

ＤＥＸだけではなく、ＩＮＴやＭＮＤなどステータスが複合的に関わっているのだろう。

「……棒状にした鉄の先端を尖らせれば似たような構造になるのかな」

イメージとしては先を尖らせた鉛筆だ。

槍の構造だと、先端の穂の形状によっては、標的を突き抜けずに引っ掛かるようにもできる。

俺はハンマーで叩きながら先端を調整していく。

「師匠、あの人ってヴァイトさんですか？」

「ああ、それがどうしたんだ？」

「いや……今、勇者達の中で話題の人なんですよね」

作業をしていると微かに俺の名前が聞こえてきたから、つい聞き耳を立ててしまう。

「ワシらの中でも社畜だって話題だぞ？」

「えっ……社畜？　なんですか……？」

「あいつ、いろんなところで弟子をやっているからな」

「たしかにどこにいるかわからないって言われてますよね。僕達勇者は彼の影響で町の人達と関係を修復できたから、ヒーローみたいな扱いですよ」

「ははは、勇者のヒーローって面白いな」

俺はできたショートスピアの矢をブギーさんのもとへ持っていく。

「これなら使えそうですか？」

「ワシの思っていたショートスピアとは違うけど、大丈夫じゃないか？」

たしかに実際に使ってみないとわからないし、ひとまずブギーさんのＯＫがもらえたのでよしとしよう。

俺には次のデイリークエストがあるからな。

隣にいるブギーさんの弟子に目をやると、なぜか俺を珍獣を見るような目で見てきた。

「じゃあ、次のところに行ってきます」

「まだ働くのか？」

「あと三つ工房に行ったら、店に戻って夜の営業準備をして、そのあとはユリスさんのところでポーションの作り方を聞いてくるつもりです」

「はぁー」

ブギーは俺の話を聞いてため息をついていた。

店の営業後は寝るまでに時間があるから、俺としては新しいデイリークエストを探したいぐらいだ。

居心地が悪くなった俺は、すぐに次の工房に向かうことにした。


夜の営業をしていると、ジェイドさんとエリックさんが疲れ果てた顔でやってきた。

ここのところ店に来なかったから、それだけ多忙だったのだろう。

「お疲れ様です」

俺はいつものように酒を持っていく。

「ああ、ヴァイトは元気そうだな」

「僕もヴァイトのような元気が欲しいよ」

二人ともかなり疲れ果てた顔で、ぐったりしている。

「そんなに忙しいんですか？」

「ああ、勇者達が急に集まってきたからな」

「僕達の弟子になりたい人が多くて、疲れちゃうんですよ」

勇者の中には剣士と魔法使いになりたい人が多いのか。

その結果、ずっと働き詰めになっているということだろう。

たしかにユーマと訓練場に行った時は、たくさんの勇者達で溢れ返っていた。

ジェイドさんとエリックさんもどこかにいるだろうと思っていたが、あの人混みの中心にいたのか。

「この際、ヴァイトも弟子を取ればいいんじゃないか？」

「弟子ですか？」

俺がもし弟子を取ることになったら、職業はヴァイトニストになるのだろうか。

全ての職業体験をしようとするヴァイトニストは、果たして職業と言うのだろうか。いや、言わなそうだ。

「いやー、さすがに俺じゃ力不足ですよ」

それにそもそもギルドに所属していないから、弟子を取っても旨味がない。

「そんなことないだろ。この間、剣士のアーツを使っていただろ？」

「アーツ……？」

「おいおい、斬撃《ざんげき》を飛ばしていたじゃないか！」

「あれってアーツって言うんですね」

剣士のデイリークエストのクリア数が十を超えた辺りから、剣を大きく振り下ろすと訓練場の地面に大きな穴ができるようになった。

ＳＴＲが高くなった影響だと思っていたが、あれはアーツによるものだったらしい。

「アーツは剣士としてちゃんと一人前にならないと使えない技だぞ」

「ちなみにその様子だと、そろそろ属性魔法が使えるようになるんじゃないですか？」

「あー、訓練場の穴を隠すために土を探していたら、手から土が出てくるようになったやつですか？」

するとエリックさんがため息をついた。

さすがに訓練場の地面に大きな穴ができたら、誰だって埋めないと怒られるって思うはずだ。

勇者達が躓《つまず》いて転んだりしたらいけないからな。

それなのに、ため息をつかれるとは思いもしなかった。

「おいエリック、魔法使いの属性魔法は真剣に選ばないといけなかったんじゃないか？」

ジェイドさんが気になることを言った。

「えっ……どの属性か選べるんですか？」

俺が驚いて聞くと、目を見開いたままのエリックさんは、小さく頷いていた。

そういえば、前に精神統一をしている時に異変を感じたら属性魔法について説明するから教えてくれと言われた気がする。

まさか知らないうちに属性を選択していたとは……ちゃんと選びたかったな。

俺は剣を振りながら精神統一をしていたから、異変に気づけなかったんだろう。

「ひょっとしたら、他の職業も十分なレベルに達しているんじゃないか？」

他に10を超えている職業は、戦闘職では弓使いと斥候だ。

「弓なら矢を五本同時に撃てますよ」

デイリークエストを早く終わらせるための工夫だと思ってやっていたが、それも弓使いの「同時《どうじ》射撃《しゃげき》」というアーツだとジェイドさんが教えてくれた。

「はぁー、もうヴァイトは規格外だな」

「その辺の勇者より、全然強いかもしれないね」

体験だけのつもりが、いつの間にか一定のレベルに達していたようだ。

前世のテレビで、場合によっては、アルバイトの方が正社員よりも効率的に働くと聞いたことがある。

それに近い感じなんだろう……か？

「おい、ヴァイト！　これも運んでくれ！」

俺はバビットさんに呼ばれて、すぐに料理を取りに向かった。

ファミレスで見たウェイターのマネをして、いくつもの皿を腕に載せて一気に運んでいるが、これもウェイターの技みたいなものだろうか。

まあなんにせよデイリークエストが効率よく終わるなら問題ない。

俺は考えることをやめて仕事に集中することにした。


翌日、バビットさんが朝から真剣な顔で俺に話しかけてきた。

「ヴァイト、今日はギルドに顔を出しに行け」

「ギルドですか？」

「ああ、商業ギルド、冒険者ギルド、生産ギルド、全てからお呼びがかかった」

何か悪いことをしたのかと思い返してみるが、特にそんな記憶はない。

とりあえず、家を出る前に日課のポイントの割り振りだけやってからにしよう。

二十一種類のデイリークエストがあるため、ステータスポイントは合計63ある。

そのうちの60ポイントを各ステータスに10ずつ振り分けてから、俺はギルドに向かった。


まず初めに向かったのは、店から一番近い冒険者ギルドだ。

中には冒険者だけではなく、勇者もチラホラといる。

きっと一人前になった勇者達が依頼を受けに来たのだろう。

そこには、アル達の姿もあった。

ユーマが拳闘士として一人前になったから、三人で一緒に外へ魔物を倒しにいくのだろう。

俺が冒険者ギルドの職員に声をかけると、なぜかその場の職員達が、一斉に目を輝かせて振り返った。

「おはようございます」

どこか獲物を狙っているような目をしている気がする。

「おはよう！　さあさあ、ヴァイトくんはこっちに来てね」

俺は言われるがままテーブルがあるところに向かうと、そこには書類が置かれていた。

――冒険者登録説明書。

そう書いてある。これは、冒険者登録をする時に必要な説明が書かれている書類だ。

「あっ、ヴァイトくんはもちろん冒険者ギルドに登録するよね？」

俺は突然のことに、その場で首を傾げた。

今、冒険者ギルドに登録すると聞こえた。

「いえ、俺はまだどこにも登録するつもりは――」

「そんなに戦う力があって、冒険者ギルドに登録しないって選択肢はないわよ？」

いや、選択肢はあるはずだ。

ギルドに登録するかどうかは自身で選択できるのだから。

「あー、ヴァイトくんは知らないのか。ある一定の戦う力があったら、冒険者ギルドに登録しないといけないことになっているのよ」

それを聞いて俺は頭が真っ白になった。

職業体験だけのつもりだったのに、まさか勝手に職業が決められてしまうとは思いもしなかった。

ただ、どうやって俺が戦う力があると判断されたのだろうか。

「昨日ジェイドさんとエリックさんから報告を受けたのよ。剣士のアーツと属性魔法が使えるんだってね」

なるほど。どちらも各職業の一人前の証。それが使えたら戦う力があるという認識になるんだな。

昨日何気なく話したことが、こんな展開を招くとは思いもしなかった。本当に口は災《わざわ》いのもとだ。

「少し勘違いしているかもしれないけど、登録するのは冒険者ギルドだけではないわよ？」

「へっ⁉」

「バビットさんに各ギルドに顔を出せって言われてなかったかしら？　ヴァイトくんには特例で全ギルドに登録してもらうことが決まったの」

その言葉に俺は一安心した。ただ、これでニートを卒業するってことだな。

正直、これから何をしたいのか、自分の中でまだ決まっていない。

才能に合った職に就くこの世界だが、俺はその常識でいくと職を一つに定められない。

とりあえず、俺は職員に言われた通りにサインをした。すると、あるカードを渡された。

「これは冒険者ギルドに所属している人が持つギルドカードですね」

カードにはFランクと書かれている。

冒険者ギルドのギルドカードは、依頼達成の件数でランクが上がっていく仕組みだ。

「各ギルドにもギルドカードが存在しますが、身分証明書になるので、なくさないようにしてください
ね」

そう職員の人が添える。

商業ギルドや生産ギルドにもギルドカードは存在している。ただ冒険者ギルドのものと違って、

そちらは営業許可証としての意味合いが強い。

職員の人は詳細な説明は各ギルドがしてくれると言っていた。

「それで、本題に入りますね」

「あっ……今のが本題ではないんですね」

俺は座り直して話を聞くことにした。

「ぜひ、冒険者ギルドの職員として、勇者達の指導をしてもらえないでしょうか？」

ん？

それは師匠になってほしいということだろうか。

「あっ、師匠になってほしいってわけではないんです。また魔物の活動が活発になったので、一時的にというだけです。人手が足りなくて……」

どうやら冒険者が勇者の指導に取られて魔物の討伐ができないから、冒険者の代わりに指導をしてもらいたいということらしい。

弱いとはいえ、勇者達が外に出て魔物の討伐をしていたため、町の周辺の魔物が減っていたのだろう。

しかし、その勇者達が訓練を始めたので、魔物が増えて困っていると。

「理由はわかりました。でも、きっと指導はできないですよ……？」

俺の力はほぼデイリークエストの恩恵《おんけい》で手に入れたものだ。

だから、俺は人に教えることができるとは思えない。

教えられる方も、力を手に入れたばかりのやつよりベテランの方がいいはずだ。

そう思って断ったが、なぜか断られても職員はニヤニヤしていた。

「やっぱりそうですよね！　だから、もう一つの方の提案です！」

あ、これはやられたな……。

「今すぐに冒険者として活動してください。それが本命の提案です」

「へっ⁉」

俺は今まで魔物を倒したことがないけど、それでも大丈夫なんだろうか。

「簡単に言えば魔物をある程度倒してほしいってことですね。ちなみに実力なら……剣士の斬撃や魔法使いの土属性魔法も使えるんですよね？」

どうしようか迷っていると、職員が耳元で呟いてきた。

なぜ俺の属性を知っているのか……ジェイドさん達が言ったのだろうか。

基本的に冒険者に登録したからって、ギルドが冒険者の能力を把握できるわけではない。

「なんでそんなことまで知っているんですか？」

「だって私鑑定士……あっ⁉」

【デイリークエスト】
職業　鑑定士
情報を五つ覚える（0／5）　報酬：ステータスポイント3

俺はつい笑みをこぼす。

どうやらこの町にはいないと聞いていた鑑定士が、目の前にいたようだ。

「俺に鑑定の仕方を教えてくれたらいいですよ？」

「くっ……」

これで嫌だと言われても、デイリークエストが出たなら手探りでクリアすることもできる。

クリアしていけば、鑑定士として何かしらの力を手に入れられるはずだ。

「わかりましたよ……ただ、バビットさんには言わないでくださいね？」

「え、バビットさんですか？」

前にユリアさんも同じようなことを言っていたが、なんでだろう……まあいいか。

バビットさんには伝えないことと魔物退治を条件に、俺は鑑定の仕方を教えてもらうことになった。

ははは、これで新しい職場体験ができるぞ！

すぐに鑑定を教えてもらうことになり、ワクワクしながら職員と別の部屋に行くと、分厚い本を渡された。

「これはなんですか？」

「鑑定士として必要になる知識です」

渡された本は辞書よりも分厚かった。

本のページをペラペラと捲ってみると、中には魔物の情報や職業別のスキル、様々な武器や防具などの情報が載っている。

「これを全て覚えなくてもいいですが、情報として知っておかないと鑑定魔法が発動しないんです」

「鑑定って魔法で行うんですか？」

「一応魔法の分類になりますね」

どうやら鑑定魔法というものを習得することで、覚えた情報とリンクして対象の情報が見えるようになるらしい。

そのためにも、たくさんの情報を知識として覚える必要があるとか。

鑑定士になるにはＩＮＴが重要になると言われている理由を理解した。

「ヴァイトくん……笑ってますが、どうしたんですか？」

「いや、勉強できるっていいですね」

俺はあまり学校に通えなかったため、今まで勉強する機会がほとんどなかった。

「その意気です！　その本を貸してあげるから、ある程度覚えたら返してくださいね」

「わかりました」

俺は本を鞄の中に入れて、冒険者ギルドをあとにした。


次に向かったのは生産ギルドだ。

初めて入る生産ギルドに少し緊張したが、冒険者ギルドと違って中は静かだった。

「ああ、ひょっとして、君がヴァイトくんかな？」

「あっ、そうです！」

「ブギーとボギーから変わった子がいるって聞いてるよ」

入ってすぐ、ドワーフ族の女性職員に声をかけられた。

それにしても、変わった子って思われていたのか……

「生産ギルドの登録だよね。特に決まりはないけど、得意なものは何かな？」

その言葉に引っ掛かりを覚えてつい考え込んでいると、話題が変わっていた。

「えーっと、一応作っているのは武器、防具、アクセサリー、服、陶芸品、あとはポーションですね」

一つずつ作っているものを伝えると、職員は顔を引き攣らせた。

「やっぱり変わり者なんだね」

どうやら、幅広く作っているのは俺が初めてらしく、引かれてしまった。

俺は言われた通りに書類にサインすると、ここでもギルドカードをもらった。

生産時に必要な道具や材料が欲しい時は、ギルドカードを提示すると少し安くなる特典があるらしい。

これは今後作業する時にも役立ちそうだ。

今まではブギーさん達師匠が材料を分けてくれたが、ギルドに登録すると弟子ではなくなるため、材料費は自分持ちだ。

これからはちゃんとお金を稼がないといけない。

諸々の説明を聞き終えた俺は、最後に商業ギルドに向かった。

「おっ、バビットの弟子か！」

商業ギルドに入った瞬間に声をかけられた。

声をかけてくれた人がそのまま手続きをして、商業ギルドでの登録はスムーズに済んだ。

「……あの、ちなみに料理人って商業ギルドで合ってますか……？」

最後に質問はあるかと聞かれたので、俺は気になっていたことを聞いてみた。

「ああ、その辺はちょっと複雑なんだよ――」

店を出すには商業ギルドのギルドカードが必要になる。ただ売っているものに関しては、自分で作ったものであれば生産ギルドの登録が必要らしい。

一般的に生産ギルドは、商標登録《しょうひょうとうろく》みたいなイメージで、誰が何を作ったのか登録するためにある機関という認識でいいのだろう。

武器店なら商業ギルド、武器職人なら生産ギルド、武器職人が直接売る武器店は両方に登録するって感じだ。

たしかに飲食店だと、自分で作って自分のお店で提供している。

料理に関しては、レシピを登録する仕組みになっているらしい。

複雑だが、わからなければ直接ギルドに聞いてくれればいいと言われた。

商業ギルドをあとにした俺は、冒険者ギルドの訓練場に来た。

訓練場は今日も、訓練する隙間もないほど勇者達で溢れ返っていた。

アルやユーマは勇者の中で一人前になるのが早い方だったみたいで、まだまだ見習いの勇者が多いようだ。

ジェイドさんやエリックさんが毎日疲れて、へとへとになっているのも納得だった。

「ヴァイトくん、お店の営業が始まるまで魔物を倒してきなよ！」

デイリークエストを終えて訓練場を出た俺に、受付にいたギルド職員の鑑定士が声をかけてきた。

「いや、まだ一度も戦ったことないですよ」

「この辺は低級の魔物ばかりだから、初めてでも大丈夫だと思うよ」

俺は魔物と追いかけっこをしたことはあっても、直接戦ったことはない。

ユーマとの模擬戦からすると、低級の魔物に後れを取ることはないだろう。だけど、本当に魔物の命を刈り取るだけの勇気が俺にあるのかわからない。でも、行かないことには始まらないな。

「……わかりました。最悪何かあれば逃げてきても大丈夫ですか？」

「命が第一優先ですからね！　気をつけて行ってらっしゃい！」

「はい！　行ってきます！」

俺は冒険者として、初めての魔物の討伐依頼を受けることにした。

「あっ、バビットさんには魔物討伐に行くことをちゃんと伝えるんだよ！」

「わかりました！」

職員さんに返事をして、俺はギルドをあとにした。


一度家に帰って荷物を揃えた。

今まで作った剣や短剣、筒の中にショートスピアを入れ、ロングボウを背負って準備はできた。

身長が高くなってからは、ロングボウを背負っても邪魔にはならなくなったため、新しく作り直したものだ。

俺からしたら全て使う武器だからいいが、傍から見たらとんでもない装備をしているやつに見えそうだ。

武器をいくつも持っている人なんて、俺以外見たことがない。

少し荷物を持ちすぎた気もするが、そこまで重くは感じない。

俺は調理場にいるバビットさんに声をかけた。

「冒険者ギルドから魔物の討伐依頼を受けたので、行ってきます！」

「おう。んっ……ちょ、どういうことか説明……」

バビットさんが何か言っていたが、ちゃんと伝えたし、出発しよう！


門を通ろうとすると、門番に声をかけられた。

「ヴァイト、変わった格好をしているけど、どこに行くんだ？」

「魔物の討伐です！」

俺の言葉に、門番は少し顔を曇らせた。

そんなに俺の装備はおかしいだろうか。

「バビットにはちゃんと伝えたのか？」

「さっき言ってきましたよ？」

バビットさんは俺の保護者のような人だから、もちろんちゃんと伝えた。

そういえば、帰宅時間は言わなかったが大丈夫だろうか。

昼の営業には間に合うように帰ってくる予定だから、遅くなるつもりはない。

念のため昼には帰ってくると門番に伝えた。

「気をつけて行ってこいよ」

俺は門番に鼓舞され、町の外に出た。


町から少し離れただけだが、辺りには動物達が歩いている。

この世界の動物は温厚で、こっちから手を出さない限り襲われることはないらしい。

しかし、魔物は動物とは違い、好戦的で誰彼構わず襲ってくるという。

見た目も可愛げがないため、動物とはすぐに見分けがつくとジェイドさんが言っていた。

「ゴブリンはこの森の中にいるんだったな」

今回の討伐対象は人型をしたゴブリンという魔物らしい。

人の形をしているが、醜い姿のため、気にせずに倒せると鑑定士に言われた。

簡単と言われても、やはり不安だ。生物をこの手で殺すってことだからな。

今回挑戦してみてダメなら、冒険者としての才能が自分にはなかったと諦めよう。

俺は覚悟を決めて森の中に足を踏み入れた。


森の中は薄暗く、空気が薄いのか、息も吸いにくい。

何かに押しつぶされそうな感覚がして、体も重たく感じる。

それに、肌がピリピリするのはなぜだろう。

俺は木に身を隠しながら、森の奥に入っていった。

斥候の職業体験をしている影響か、隠れることに自信はあったが、心臓がバクバクと鳴る。

これが胸の高鳴りというやつだろうか。

感じたことのない感覚に、ついつい頬が緩んでしまう。

「おっ、あいつがゴブリンか？」

少し先の開けた場所を、緑色の人の形をしたやつらが歩いている。

人族やドワーフ族とは異なり、目がギョロッと飛び出て爪や歯が長い。

それに、髪の毛が生えていないため頭の血管が浮かび上がっている。

気持ち悪いというよりも、不気味というのが正解だろう。

どことなく妖怪みたいだしな。

俺は弓を構えて、ショートスピアの矢でゴブリンを狙った。

手を離すと、矢は一直線にゴブリンに向かって飛んでいく。

声を上げる暇もなく、矢はゴブリン達を一気に貫いた。

俺の攻撃が強いのか、それともゴブリンが弱いのか、わからない。

ただ、あまりの威力に俺は驚いた。

それに、解体士の職業体験のおかげか、ゴブリンを殺しても精神的なダメージは少なかった。

むしろ、そんな自分にショックを受けたぐらいだ。

本に、ゴブリンは素材になる部分がなく、体の中にある魔石だけ取り出したら、仲間を寄せ付けないように火葬か土葬にするべきと書いてあった。

俺は倒したゴブリンから魔石を取り出すと、土属性魔法でゴブリンに土を被せた。

次の魔物を探すべく森の中を移動していると、どこからか戦っているような音が聞こえてきた。

「ラブ、魔法の発動はできる？」

「もう少し時間がかかる」

「ナコはユーマの治療をお願い！」

「はい！」

どうやら、アル達がゴブリンと戦っているようだ。

そこにはナコもいた。どうやら戦闘職としての力もあるらしい。

「ユーマは魔物に突っ込んだのかな？」

拳闘士は近距離で戦うため、攻撃を避けきれなかったのだろう。

模擬戦でも、すぐに突っ込んでくる性格だったからな。

バカだから、ＳＴＲだけ高そうだ。

その後もしばらく、俺は勇者達の動きを木の上から眺めていた。

だが次々とゴブリンが出てきて、ついに四人は囲まれてしまった。

「一人で捌ききれないよ！」

アルもどうすればいいのかわからず戸惑っている。

明らかにピンチな状況にナコは怯えてしまい、ユーマの治療に専念できないようだ。

「これでゲームオーバーなのか？」

「えー、死ぬのは嫌だよ」
「ナコちんも巻き込んでごめんね」
今、なんて言った？
あいつら生きるのを諦めているのか？
ゲームオーバーってなんだ？
勇者はこの世界をゲームだと思っているのだろうか。
俺は生きたくても生きられなかったのに。
妹の咲良とも遊べず、両親にも辛い思いばかりさせて親孝行すらできなかった。
それなのに、勇者はすぐに生きることを諦めた。
俺の中で、今まで感じたことのない何かが湧き出てくる。
気づいた時には、俺は弓を引いてショートスピアを連続で放っていた。
放たれたショートスピアは、次々とゴブリンの体を貫通し殺す。
仲間が突然倒れたゴブリンは、周囲をキョロキョロと見て警戒している。
俺は木から飛び下り、剣を抜いて一気に残りのゴブリンに斬りかかった。
「ヴァイト!?」
ユーマが俺の姿を見て驚く。

俺はそれを無視してゴブリンに向かった。

思考ができないまま、まるで他に何かが乗り移ったかのようにゴブリンを倒していく。

気づいた時には、周囲はゴブリンの死体だらけだった。

「ヴァイト、助かったぞ！　ゲームオーバーになったら――」

――バチン！

森の中に乾いた音が響く。

近寄ってきたユーマの頬を俺は叩いていた。

ユーマは頬を押さえて、その場で悶える。

「ヴァイトさん、いきなり何を――」

その様子を見ていたアルが止めに入ろうとしたが、俺は構わずユーマに向かって言った。

「簡単に生きるのを諦めるやつが勇者を名乗るな。命を大事にできないやつは嫌いだ！」

まるで自分ではない誰かが、俺の口を勝手に動かしているようだった。

そんな俺の様子に勇者達は驚いたのか、呆然と立ち尽くしている。

少し落ち着いてから、血だらけで町に戻るのも可哀想だと思い、解体士の職業体験で使えるようになった魔法で勇者達を綺麗にしてあげた。

俺はまだ怯えた様子のナコの顔を覗いた。

「ナコも無理して戦わなくていい」

ナコは途中からずっと震えて目を閉じていた。

きっと怖かったのだろう。俺と目が合った瞬間、安心したような顔をした。

「お前達」

「なっ、なんだ⁉」

ユーマが後ろに一歩下がる。

「帰ったら修行だからな」

俺は勇者達に向けて優しく微笑んだ。


【デイリークエストをクリアしました】


十体のゴブリンを倒したことで、デイリークエストはすぐにクリアできた。

きっかけはわからないが、魔物を倒していたら狂戦士《バーサーカー》という新しい職業が出現していた。

その後はゴブリンから魔石を取って、俺達は町に戻ることにした。


町に戻ると、門には見知った人がいた。

「バビットさん？」

そこには門の間で行ったり来たりを繰り返しているバビットさんがいた。

店の営業準備をしなくても大丈夫だろうか？

「ヴァイト！」

俺を見ると、すぐにバビットさんは駆け寄り、俺を抱きしめた。

バビットさんからハグをされたことに、俺は少し戸惑ってしまう。

「何かありました？」

バビットさんは大きく息を吐いた。

「無事でよかった」

「俺は大丈夫ですよ？」

どちらかといえば勇者達の方が危なかった。俺は怪我一つしてないからな。

「お店はいいんですか？」

「ああ、早く準備をしないと間に合わないぞ！」

ホッとした表情になったバビットさんは、急いで店に戻っていく。

その後ろ姿は、突然俺が入院した時に見舞いに来てくれた、父の姿に似ていた。

「バビットさん、なんでここにいたんだろ……」

——ドン！

急に頭に衝撃が走った。顔を上げるとそこには、呆れた顔の門番がいた。

「おい、ちゃんとバビットに伝えなかっただろ？　俺は外に出る時に念を押したよな？」

たしかにバビットさんに伝えたかどうかは聞かれた。

それに一回店に戻った時に、魔物の討伐に行ってくるとバビットさんにも伝えたはずだ。

「バビットのことをなんにも知らないんだな。ちゃんとあとで聞いてみろよ！」

それだけ言って門番は仕事に戻っていった。

どういうことなのかわからないまま、俺はとりあえず昼の営業のために店に戻った。

店に戻るとバビットさんは椅子に座ってボーッとしていた。

営業の準備ができているわけでもなく、俺が町を出る前に寄った時のままだ。

「バビットさん？」

「ヴァイト、ちょっと座れ」

バビットさんは小さな声で、俺にこっちに来るように促した。

表情からして、怒っているわけではないようだ。

「心配かけてすみません」

きっと俺のことを心配してくれたのだろう。

なんとなく、そんな雰囲気を感じる。

「ああ、急に魔物討伐に行くって言われたこっちの身にもなれ！」

バビットさんのズルズルと鼻をすする音が部屋に響く。

バビットさんはポケットに手を入れると、何かを取り出し、テーブルの上に置いた。

「冒険者ギルドのギルドカードですか？」

それは一枚のギルドカードだった。ただ、俺の知らない名前だ。

「……俺の息子だ。冒険者になった日にあいつは魔物にやられて……帰ってこなかった」

その言葉で、バビットさんが俺を心配していた理由がわかった。

俺が使っている部屋に家具はあるし、貸してもらった服もバビットさんのものにしては小さかった。

ずっと一人で住んでいる独身の人だと思ったが、息子がいたのか。

「あいつは初めて魔物討伐の依頼に行った時に、ゴブリンに囲まれて殺されたんだ。返ってきたのはこのギルドカードだけだ」

このカードが息子さんの唯一の形見だそうだ。

俺は今までバビットさんの昔の話を聞いたことはなかった。

別に俺自身も今までのことを聞かれることがなかったし、バビットさんのことを聞く必要もなかったから。

だが、この世界での父親のようなバビットさんのことを、これからもっと知りたいと思った。

「これからは気をつけます」

「ああ、そうしてくれ。ずっと心配していたんだからな」

ボソッとバビットさんは付け加える。

あれだけ親孝行できずに後悔していたのに、俺はまた身近にいる人を大切にできていなかった。

今日はいろんなことがあったけど、それが学べただけでもよかった気がする。

勇者達を守ることもできたしな。

「それで、昼の営業どうしますか？」

「あー、準備が終わっていないから急がなくちゃな……」

外にはチラホラお店が始まるのを待っている人達がいる。

「バビットさん、ひょっとしてずっと門の前で待ってたんですか？」

「はぁん!?　そそそ、そんなはずねーじゃないか！　早く昼の営業の準備をしろ！」

どうやら昼の営業はするみたいだ。

今の俺がバビットさんに対してできる恩返しは、一緒にお店を盛り上げていくことだけだろう。

「はーい、すぐに掃除して仕込みをしますね！」

俺は掃除道具一式を持って店の外に出た。

◇　◇　◇

ヴァイトが急に魔物の討伐に行くと言い出して駆けていく姿が、息子の姿と重なった。

俺の息子は冒険者としての才能に溢れていた。

狂戦士《バーサーカー》という変わった才能があり、冒険者達の間では、期待のルーキーと呼ばれていた。

ただ、その職業の珍しさゆえに、教えてくれる師匠はいなかった。

ヴァイトが「行ってきます！」とバカ息子と同じ言葉を使って魔物の討伐に向かった時は、まるで時が戻ったように感じた。

何も伝えることができないまま、息子は突然この世から去ったからな。

ヴァイトは今回無事に帰ってきたからよかったが、もうあんな思いはしたくない。

だからこそ、俺は少しでも息子のような不幸なやつを減らすために、この店を毎日営業している。

この店が冒険者の師匠と弟子を巡り合わせる場だってことを、ヴァイトはまだ知らない。

ほとんどの客がヴァイトのことを弟子にしたいと言っていても、あいつは職業体験とやらに集中しているからな。

自ら厳しい道に足を踏み入れるようなやつだ。

全ギルドに登録したから、前よりも忙しくなるのは目に見えている。

「いらっしゃいませー！」

ヴァイトは客全員が冒険者だとは知らずに店内へ案内している。

その向けられる熱い視線に気づいていない。

この店は通称「バビットの師弟結《していむす》びの飯屋《めしや》」。

今日もヴァイトの才能を冒険者達が狙っていることなんて知らずに、あいつは楽しそうに働いているのだ。

第十一章　社畜、勇者を鍛える

昼の営業を終えると、俺は急いで冒険者ギルドに向かった。

職員にゴブリンの魔石を渡し、依頼の達成報告をして報酬をもらった。でも、冒険者ギルドに来た目的はこれだけではない。

「逃げずに来たようだな」

俺はちょっと芝居がかった声で仰々《ぎょうぎょう》しく言ってみる。

「お前はラスボスか！」

冒険者ギルドの訓練場に呼んだのはユーマ達三人だ。

ナコはゴブリンに襲われたのがよほど怖かったのか、しばらく戦うのを控えるらしい。

ユーマ達には、これからも元気でいてほしいから、ゴブリンなんかに負けないように一緒に特訓をすることにしたわけだ。

ほぼ俺が強制的に呼びつけたようなものだけどな。

「さぁ、特訓しようか？」

「おいおい、本当にやるのかよ。しかも、俺達は三人だぞ？」

そのため、目の前にいるのはアル、ユーマ、ラブの三人だ。

「ユーマ、これ見て！」

勇者達はお互いに何かを見せ合っているようだ。

きっとクエストか何かがＨＵＤシステムに表示されたのだろう。

俺の方には全く表示されない。

「よし、ヴァイト。修行しようぜ！」

「ああ」

俺達は訓練場の中で邪魔にならないように、端の方で三人と向き合い、模擬戦をする。

「おっ、俺も気になるから審判するぜ！」

「なら僕も何かあった時に止めに入りますね」

ジェイドさんとエリックさんも勇者達の指導を一度止めて、俺達の特訓の審判をしてくれることになった。

自然と休憩中の勇者達の視線が、こちらに集まってくる。

「おっ、俺達人気者かー」

「ユーマって本当……」

「「バカだね」」

俺とラブの声が重なる。

やはりユーマはバカという認識で間違いないようだ。

「じゃあ、始めるぞ！」

それぞれが武器を手に取り、戦闘準備をする。

ちなみに俺は木剣と弓を持った。アルは木剣、ユーマは素手、ラブは杖を構えた。

「始め！」

ジェイドさんの声と同時に、まずはユーマが突っ込んできた。

相変わらず真っ直ぐ突っ込んでくるのは変わらないし、動きは単調でわかりやすい。

俺がそのままユーマを横に避けると、目の前に木剣を構えたアルがいた。

一対一で戦うわけではないため、ユーマのカバーをアルがしているのだろう。

ユーマはアルの頭のよさに感謝しないとだな。だが、それでも俺の方が動くのは速かった。

俺はそのままアルの腕を掴んで、ユーマのところに放り投げる。

「「うわぁ⁉」」

二人はぶつかって、お互いに情けない声を出した。

姿勢を崩して地面に倒れている二人を横目に、俺はラブの方に向かった。

「消えた!?」

「残念、後ろだよ」

俺は斥候の技術を駆使して見つからないようにラブの背後に回り、首に木剣を添えた。

「おいおい、一瞬かよ」

「ヴァイトさんは強いですね」

「これって私達の修行になるのかな？」

三人が口々に言う。

あっさりと終わってしまった。ジェイドさんやエリックさんも呆気に取られている。

「コンビネーションはよさそうだけど、無駄も多いし、そもそも遅いな」

俺は三人にアドバイスする。

「ユーマ以外はＡＧＩが低いのが影響しているのかな？　僕はタンクよりだからＶＩＴの方が高いし」

「私はそもそも魔法職だから、ＩＮＴ重視だね」

アルとラブはしっかりと自己分析ができているようだ。

勇者達のステータスは全体的に高いわけではなく、何かに特化しているらしい。

アルはＶＩＴ、ラブはＩＮＴと職種ごとにステータスが偏っているようだ。

そうなると、満遍なくステータスを上げているのは、俺だけかもしれない。

「私達全員、ステータスポイントが足りないから仕方ないもんね」

やはり勇者は、ユーマが例外ということではなく、俺みたいにステータスをいじれるようだ。

「おい、それ以上は言わない方が……はぁー、俺はちゃんと言ったからな」

ユーマは二人を止めようとしたが、俺がニヤリと笑うのを見て黙った。

ステータスの上げ方はステータスポイントだけではないことをユーマは知っている。

「それならみんなで走ろうか！」

「「えっ⁉」」

ユーマはため息をついたが、アルとラブは呆然としている。

すでにユーマにはやったことだ。その結果、ユーマのＡＧＩは高くなった。

「お前ら、頑張って走らねーと殺《や》られるぞ？」

「えっ……どういうこと？」

俺は拳を地面に叩きつけた。これが開始の合図だ。

今日もしっかり力が入るかの確認をしているだけだけどな。

大きく開いた穴は、あとで俺の魔法で塞げば問題ない。

「じゃあ、鬼ごっこスタート！」

ユーマを先頭に、アルとラブが訓練場を駆け回る。

「やっと一人前になったのに、俺を巻き込むなあああああ！」

「いやだあああああ！」」

俺の持論だが、やっぱり数値だけに頼っていたら、強くなれないからな。

己の体を鍛えたらステータスに反映されるなんて、この世界の人はみんな知っている。

暇そうに見ていたので、他の勇者達もまとめて鬼ごっこに参加してもらった。

しばらくは冒険者ギルドから勇者の悲鳴が鳴りやまないかもしれないが、これも生きてもらうためだ。

勇者達を鍛えるようになってから数日が経ち、今日も俺はデイリークエストをこなしていく。

斥候スキルの影響で耳がよくなり、前よりもうまく町の中を隠れて移動できるようになった。

そのおかげでひっそり職業体験ができる。

そう思っていたのだが、実際は違っていた。

「おい、あいつって鬼畜野郎《きちくやろう》じゃないか？」

「いや、俺はヴァイトニストです」

「ヒイイィィ⁉」

あれから、俺を見た勇者が鬼畜という言葉を頻繁に使うため、俺は町の人から「鬼畜野郎」と呼ばれるほど有名になった。

せめてそこは「社畜野郎」と呼んでほしいところだ。

さらにたまに女性勇者達にファンですって声をかけられることもある。

これはハニートラップっていうのを仕掛けて、店の飯を無料で食べる気なのかもしれない。

訓練場に着くと、すぐに勇者との特訓が始まる。

「なぁ、俺らって勇者の中でも上位に入らないか？」

「ステータスがかなり上がったもんね……」

「私なんて魔法使いなのに、ＩＮＴよりＡＧＩが高いのよ！」

毎日特訓として走るようになったら、みんなに少しずつ効果が出始めた。

勇者達には職業レベルが存在するが、魔物と戦うよりも俺と特訓した方がステータスが上がりやすいとユーマ達が言っていた。

デイリークエストと勇者の特訓を終えると、すぐに次の準備をする。

「じゃあ、俺は次の職場に行ってくる」

俺はそうユーマに伝えて、冒険者ギルドをあとにする。

「そういえば、レイドバトルが始まるらしいぞ！」

「今まで特訓した成果を発揮させないとね」

「ヴァイトさんは、蛇の魔物を……ってもういないか」

冒険者ギルドの出口では、勇者達が何かの話題で盛り上がっていた。

聞き耳を立てていたが、俺にはあまり関係ない話のようだ。


次は、薬師のデイリークエストをクリアするために、ユリスさんのもとへ向かった。

「こんにちは！」

「ああ、ヴァイトかね」

ユリスさんは俺の方をちらりと見ると、再び作業に戻った。

がっかりしたような言い方だったから、他の誰かを待っていたのかな。

「最近どうですか？」

「勇者達がガバガバとポーションを飲むから、老体には酷だわ」

見習いから一人前になった勇者達は、最近再び町の外に出るようになった。

その結果、ポーション不足が起こっている。

今ポーションを作れるのはユリスさんと俺、そして勇者のナコだけだ。

だが、あの日以降ナコの姿を見ていない。

とすると、ユリスさんが待っているのは、ナコかもしれない。

ゴブリンの討伐から帰ってきたナコは、そのままユーマ達に一言伝えて、一緒に暮らしていたユリスさんの家を出ていったらしい。

今はどこにいるのかわからないが、ユーマが心配ないと言っていた。

「ポーションに頼るのもいいが、パーティに聖職者の才能を持ったやつはおらんのかね？」

ユリスさんは苛立った様子でブツブツと文句を言っている。

「あー、勇者達が教会を見つけられないせいもあるかもしれないですね」

聖職者は基本的に教会にいる。

住宅街の奥の教会に行くことがなければ、聖職者の才能に気づけない。

あの時ユーマ達とナコが一緒にいたのも、ナコの聖職者スキルが必要だったからだと言っていた。

俺もやっと聖職者スキルを覚えたが、怪我を治せて、体の疲れも一瞬で取れて元気になるこの力は冒険者にはありがたいものだろう。

訓練にも使えそうだから、今度試してみよう。

「この老婆に無理をさせよって！　生産ギルドは私とヴァイトを間違っていないか！」

ユリスさんは俺の顔を見てため息をついてから、再びポーションを作り出した。

すり鉢に薬草を入れて、怒り任せに薬草をつぶしている。

「あー、そんな日もありますよ？」

少し居心地が悪くなった俺は、内緒で聖職者スキルをユリスさんにかけて、次のデイリークエストに向かうことにした。

出る時、背後から視線を感じたが、ユリスさんの顔が怖くて振り返ることはできなかった。


次はブギーさんがいる武器工房に向かった。

「ブギ……」

「おい、材料はまだあるか？」

「ないので、今から買いに行ってきます」

「早くしろ！」

弟子達が急いで材料を買いに行った。

武器工房もなぜか忙しそうにしている。

勇者達の装備でも作っているのだろうか。

俺はひっそりと工房を借りて、いつものようにショートスピア型の矢を製作する。

何度も作っているからか、最近は素早く作れるようになってきた。

「うぉ⁉　ヴァイト、いつからいたんだ？」

作業をしていると、一息ついたブギーさんが俺を見て驚いた。

俺が近くで作業していても気づかないほど、集中していたのだろう。

「少し前からです。また勇者のせいで忙しいんですか？」

「いや、今度は勇者だけじゃなく冒険者達からの依頼だ」

「何かあったんですか？」

「強い魔物が出てきて、武器が破壊されたって話だぞ」

武器を新調しないと魔物の討伐に行けないから、武器を求めて依頼が殺到しているのか。

「そんなに強い魔物が……外に出る時は気をつけないといけないですね」

「ああ……いや、ヴァイトは知っている魔物だぞ？」

「そうなんですか？」

俺が知っているのはゴブリンか角の生えたウサギぐらいのはず。

やつらが武器を壊すまで強くなったとは考えにくい。

「この町を襲ったあの大蛇だ」

「だい……じゃ……うぇ!?　あの蛇がまた暴れているんですか!?　しばらくは町から出ない方がいいですね」

「ああ、それが一番だな」

バビットさんに心配をかけたくないから、今は魔物の討伐に行くのを控えよう。

ただ心のどこかで、バビットさんを傷つけたあの大蛇に仕返ししたい気持ちもある。

とりあえず俺はその後もショートスピア型の矢を作り続けた。


夜の営業のために店に戻ると、冒険者達が店に集まっていた。

その中にはジェイドさんやエリックさんもいる。

まだ営業前だが、店で何をやっているのだろうか。

「おっ、鬼畜ルーキーが来たな」

ジェイドさんがニヤニヤしながらそう言ってくる。

「え、まさかそれは？」

「新しいヴァイトの呼び方ですよ」

勇者には「鬼畜野郎」って言われ、冒険者からは「鬼畜ルーキー」と呼ばれてしまった。

とても嫌な響きだ。

「はぁ。それで、こんなに集まって何かあったんですか？」

店に来ているのは訓練場で見たことのある冒険者達だった。

一瞬、勇者達が一人前になったことを喜ぶお祝いかと思ったが、雰囲気はそんな感じではない。

「前に町を襲った魔物が今、森の中で暴れているんだ。そいつをどうするかを話し合っていたところだ」

「ひょっとしてジェイドさん達も武器を壊されたんですか？」

「ああ、俺達みんなだ。俺の大事に使っていた剣が一瞬で溶かされたよ」

あの蛇が俺を追いかけてきた時にそんな能力を一切見せなかったのは、俺を大した脅威には感じていなかったからだろう。

町を襲っている時も楽しんでいるように見えたぐらいだからな。

「次の討伐に行く時に俺も手伝いましょうか？　遠くからの援護射撃ぐらいならバビットさんも心配しないだろうし」

表立って戦うのは気が引けるが、師匠達が困っているなら、遠くから矢を放つぐらいのサポートはしたい。

それに俺も冒険者だし、日頃からよくしてくれるみんなを守りたいという気持ちもある。

「あいつに矢は通らなかったぞ？」

「剣も通りにくいので、ヴァイトでも大変ですよ」

全く刃が通らなかったことは、俺の記憶にも残っている。

あの時はＳＴＲが低かったのもあるし、俺の作った剣が未熟だった。

でも、これは違う。

「今俺が使っているのはこの矢なので、きっと大丈夫ですよ」

さっきまで作っていたショートスピア型の矢を取り出すと、冒険者達がざわめき出した。

「本当にこれを放てるのか？」

ジェイドさんの質問に俺は頷く。

「はい。本当はもっと槍のように長く鋭い形にしたかったんですが、コスト面も高くなりますし、持ち運びもめんどくさいのでこれが今のベストです」

「ちょ、気にするのはそこじゃなくて、ヴァイトは槍を矢の代わりに放てるのですか？」

エリックさんが身を乗り出して聞いてくる。

「はい！　槍を投げるのは一本だけしかできないので、矢として放ちたかったんですよね。五本までなら同時に放てますよ」

俺がそう言うと、この場にいる弓使いの師匠が困った顔をした。

「なんか魔物側からしても鬼畜ルーキーだな……」

「戦い方が独特なのは気づいていたけど、そこまで鬼畜だったのか……」

効率重視で安全に戦えると思ってやっているだけなのに、なぜか冒険者達に引かれてしまった。

そもそも俺が使っているショートスピア型の矢は、弓使いの師匠でも放つことはできる。

ただ、矢自体が重いため、師匠からは実用性がないと言われていた。

実際に師匠が放つと、矢のようには飛ばず、軌道もずれていた。

俺は師匠にそう言われたあとも諦めずにＳＴＲとＤＥＸを上げ続けたら、実戦でゴブリン相手に使えるぐらいにはなった。

それに自らが武器職人でもあるからこそ、構造自体を理解して軌道修正ができたりするのかもしれない。

「おい、あっちから痛いほど視線が……」

「バビットは、やっぱりヴァイトを行かせないだろうな」

視線を感じ振り向くと、バビットさんが冒険者を睨みつけるように見ていた。

「それならヴァイトには、あいつらが町から出ないように見張ってもらうか？」

ジェイドさんは大蛇討伐の邪魔をされたくないのだろう。

「あいつらって……？」

「あのおバカ勇者達だ」

どうやら冒険者達は勇者のことをおバカだと認識していたようだ。

いや、バカなのはユーマだけのような気もするが……

「勇者達が何かやらかしそうなんですか？」

俺は尋ねる。

「ああ、今度はレイドバトルだあああ！　って叫んでいたぐらいだからね」

レイドバトルってなんだろうか。

わからずに首を傾げていると、夜の営業の準備を終えたバビットさんが教えてくれた。

「みんなで共闘することだな。ちなみに、俺はそこにヴァイトが参加するのは反対だぞ」

バビットさんとしては危険な場所に俺を行かせたくないのだろう。

なので今回は、ジェイドさんの言うように、勇者を見張ることにしよう。

「勇者達って命を粗末にするので、俺が見張ります」

ユーマ達は逃げる手段を身につけたから問題はないだろう。だが、他の勇者達は別だ。

あまり関わっていないからわからないが、みんなゲーム感覚なのは間違いない。

俺としてはそんな勇者を守るためにも……いや、命を無駄遣いさせないためにも行かせないように、止めないといけない気がした。

もし本当に勇者達が共闘しようとするなら、ユーマ達は呼ばれるだろうし、参加する気がする。

この世界に転生してできた初めての友達を、俺は簡単に見殺しになどできない。

「はぁー、それくらいなら大丈夫か」

俺の顔を見たバビットさんはため息をつく。

ポンっと頭に手を置くと優しく撫でてくれた。

「無理するなよ」

鼻声でそう言うと、調理場に戻っていった。

「準備ができたら俺達は向かうから、ヴァイトはあいつらを頼む」

「そもそもあのバカ達が変なことをしなければいいんだけどな」

「はい。声をかけて行かないようにしておきますね」

俺はバビットさんの許しも得たので、勇者を見張る役割を全うすることにした。


そのまま時間は過ぎ、夜の営業が始まった。

いつも通り働いていると、冒険者ギルドの職員が慌てた様子で店にやってきた。

その表情はどこか焦っていた。

「みなさん、大変です！　勇者達が大蛇の討伐に向かいました！」

「はぁん⁉」

俺はついつい大声を出してしまった。そのせいか、冒険者達が全員俺を見ている。

「あっ……いや、ユーマ達には行かないように伝えたんですけど……すみません」

バビットさんの視線が痛い。

ついさっき勇者達を行かせないって話したばかりだ。

夜の営業前にもユーマ達に会って勝手に行かないように声をかけた。

ちゃんと本日二回目の鬼ごっこもして、疲れさせたはずだ。

それなのに、勝手に大蛇の討伐に向かったのか。

「絶対に責任を感じていそうだな……」

「普段からまじめな性格をしていますもんね」

ジェイドさんとエリックさんが心配そうに俺を見てくる。

「それで勇者達はいつ出発したんですか？」

「冒険者ギルドが知ったのは、ついさっきです」

「はあー、あいつら何をやってるんだ。暗い方が戦いにくいし、危険が多いと思うけど……」

冒険者ギルドの職員は何かが書かれた紙を手渡してきた。

「メモによると、夜だと大蛇が寝ていると判断したそうですよ」

「はあああああー」

もうこれは呆れて何も言えない。店内にいる冒険者全員からため息が聞こえてきた。

中には弟子達に怒りを覚えている人もいる。

「とりあえず武器を持っている人だけ先に向かいますか」

「俺はブギーに何か代わりの武器がないか聞いてくる」

エリックさんが冒険者をまとめ、ジェイドさんはすぐに武器工房に向かった。

武器店にはここの周辺にいる魔物のレベルに合った武器しか置いてない。

その人の実力に合った武器を買うには、オーダーメイドするしかなかった。

それもあって、武器を失った冒険者は、武器ができるまで待つしか選択肢がないのだ。

それに武器店にある武器も、勇者達が買い占めている可能性がある。

事前に武器が破壊されると知っていたら、バカなあいつらは、壊れないように戦うのではなく大量に買って使い捨てみたいにするはずだ。

「勇者達は、いつの間に準備をしたんでしょう？」

「たぶんインベントリに入れてたんじゃないですか？」

エリックさんの呟きに俺は返す。

「インベントリ？」

「亜空間みたいなところに荷物がいくつか入れられるらしいです。レックスさんの家を掃除する時に、ユーマが使っていましたよ」

インベントリには、複数のものでもまとめれば一つとして収納できる。

勇者は全員インベントリを使えるため、この方法を使えば、かなりの武器を用意できる。

ユリスさんが忙しかったのも、ポーションを同じように買われていたからかもしれない。

ただ、インベントリも容量が決められているから、重たい武器ばかり持ってはいけないという短所もある。

「ああ、あの肩に勇者を担いで走っていた時か。勇者が今度は何をやらかしたのかとか、ヴァイトがどんな罰を与えるのかとか、みんなで話してたな」

「えっ……俺そんな風に思われてたんですか？」

みんなが頷いていた。どうやら効率よく動くためにやっていたことすら、周囲から見たらおかしな行動に見えていたようだ。

これからは少し反省して、周りに気づかれないように効率的に動こう。

「よし、それじゃあ俺達は先に行ってくる」

「みなさん、気をつけてください」

俺とバビットさんで冒険者達を見送る。

武器を使わないレックスさんも勇者を止めるために向かった。

「ヴァイトは行かなくてもよかったのか？」

意外にもバビットさんがそう聞いてくる。

「えっ？」

「お前の仕事はなんだった？」

「俺の仕事はここで料理を……」

「違うだろ！　いつものお前は仕事を全てこなす社畜野郎だったろ！」

本来、勇者を止めるのは俺の仕事だった。

バビットさんは俺のことを、いつも何も言わずに背中を押してくれる。

俺はそんな優しいバビットさんが大好きだ。

「今の俺の仕事は勇者達を止めることです」

「ああ、それでこそ俺の息子だ」

すぐに二階に行き準備を済ませると、店内はすでに片付けが始まっていた。

今日はもう閉店することにしたらしい。

「じゃあ、バビットさん、行ってきます！」

「ああ、無理だけはするんじゃないぞ」

「はい！」

俺は勇者達を止める仕事のため、先発組の冒険者を追うように店をあとにした。

第十二章　社畜、レイドバトルに参加する

「なぁ、本当にこの時間にレイドバトルを仕掛けていいと思うか？」

俺は隣のラブに聞く。

「珍しくバカ……ユーマが考えているのね」

「いや、だってヴァイトの話だと、魔物は夜の方が強くなるって聞いてるぞ？」

「私は今回、寝ている大蛇に奇襲を仕掛けるって聞いたよ？」

俺達は、臨時レイドバトルパーティに参加している。

リーダーはパーティで一番レベルが高いやつだ。

「ナコは俺が守るからな。もし怪我でもされたら、ヴァイトに殺されそうだしな」

「いざとなったら、私もナコちんを抱えられると思うし」

「ああ、あれだけ荷物を持ちながら走らされたら、ナコは軽い方だよ」

俺も、ラブも、アルも、鬼ごっこの時に錘《おもり》として荷物を持ちながら走らされていた。

ヴァイトの特訓のおかげで、かなりステータスが上がっている。

【ステータス】
名前　ユーマ・シーカ
STR42　DEX13　VIT20
AGI55　INT10　MND19

今までSTRばかりにステータスを振っていたから、他の数値はほとんどが特訓で得たものだ。

「ナコはあれから何をしていたんだ？」

俺は気になっていたことを聞いた。

「ちょっと魔物と戦うのが怖くて、ゲームをやめてました」

「あー、あれは結構衝撃的だったもんね。私は思わず動画を撮っちゃった」

ラブが言う。

「まさかあれがバズるとは思わなかったよね」

「まぁ、ヴァイトさんは人族プレイヤーの中でちょっとした有名ＮＰＣだもん」

ラブはヴァイトがゴブリンを倒す様子を動画で撮影していたが、それを投稿したらものすごい勢いで拡散された。

俺達が驚くほど拡散されるのが早かったのは、単に動画に映ってるヴァイトがかっこよかったからだ。

ＮＰＣにＡＩが搭載されているからこその偶然起きた行動だろうが、今ではアイドル並みの人気が出ている。

ここ何日かは俺達がヴァイトと訓練をしていると、動画を見たプレイヤーが集まってまた動画を録り、さらにそれがネットに拡散されている。

他の種族のプレイヤーにも変わったＮＰＣがいるのかどうか訊いて情報を集めたが、その中でもヴァイトは群を抜いていた。

「もうそろそろ始まるから構えろ！」

パーティリーダーの合図で、俺達は構えた。

もちろんナコを守るのが、俺やアルの一番の仕事だ。

人族のプレイヤーの中で、聖職者はナコだけだからな。

ポーションが足りなくなったら、ナコに頼るしかない。

聖職者の存在が広がった時には、すでに二種類の職業を選択して見習いをしているやつらが多かった。

そのため、新しく聖職者になるプレイヤーがいない。

「よし、行くぞお！」

ついにレイドバトルが始まった。

◇　◇　◇

すぐに先発組の冒険者に合流できたが、早速問題が起きた。

「みなさん遅くないですか!?」

俺はいつものように移動しようとしたが、他の冒険者達がついてこない。

魔法を使うような冒険者達ならまだ理解できるが、それ以外の冒険者達ですら、遅くてびっくりするぐらいだ。

だいたいラブと同じぐらいだろう。

「ヴァイトが速すぎるんだぞ！」

「いやいや、絶対レックスさんは飲みすぎですよ！」

ここに来る前にみんなお酒を飲んでいたから、酔いが回っているのかもしれない。

「とりあえず回復しておきますね」

俺は聖職者スキルで回復させた。

「うぇ!?　これを使えば二日酔いに悩まずに――」

「……あなたもバカでしたね」

回復で解毒《げどく》はできた。しかし、解毒でバカが治ることはなかった。

それでも酔いが醒めたレックスさんですら、俺が全力で走る五割程度の速さしか出ない。

師匠達といえども、みんな訓練が足りてない。

魔物と戦う時間も必要だが、訓練する時間をこれから与えないといけないな。

師匠も含めた鬼ごっこって、楽しそうだな。

「ふふふ」

俺はつい笑ってしまった。

「ヴァイトが鬼に見えてきた……」

「本当に鬼畜になったようだな」

そんな俺を見て冒険者達は好き勝手言っている。

このままゆっくり向かっていたら、見張る前に勇者達がやられてしまうような気がする。

「んー、大体この先にある森の真ん中から右に曲がったところに大蛇がいるので、できるだけ急いでそこに来てくださいね」

俺は先に一人で向かうことにした。

「お前、大蛇の位置すらもわかるのか……って速すぎるわ！」

「急いでくださいねー！」


森の奥に突き進むと、戦いの音が聞こえた。

勇者の戦いを事前に阻止するつもりで来たが、どうやら遅かったようだ。

あまり音が大きくないのは、もうすでに大蛇を追い詰めたからだろうか。

それならあまり心配はないのだが……

俺は念のために木の上を伝って、大蛇がいるところに向かいながらこっそり様子を確認した。

「ナコ今のうちに回復を！」

「怖いよ……」

「大丈夫！　僕達が守るから！」

どうやら追い詰められているのは勇者達のようだ。

あれ？

なぜ、あそこにナコがいるんだ？

たしかユリスさんの家を出てから、しばらくはどこかに行っていたはず。

いや、あの時ユーマが大丈夫だと言ったのは、一緒に連れて行くという意味だったのだろうか。

「戦える状態じゃないのに、連れていったらダメだろ……」

だが、そんなナコを守るようにアルが立ち回っていた。

その点は前回の反省を生かしているようだ。

隙を見てユーマが攻撃を仕掛けるが、大蛇の硬い皮膚には拳が通らない。

きっと物理攻撃より魔法攻撃の方が、ダメージが大きそうな気がする。

そもそも勇者達は武器を毒液のようなもので溶かされているので、物理攻撃は不可能だが。

追加の武器もなさそうだ。

アルが持っている大きな盾だけは無事だが、何か理由があるのだろう。

そんな状況でもユーマ達は必死に戦っていた。

「このままだとヴァイトに怒られるぞ！」

「あの人、ゲームオーバーには厳しいからね！　魔法を放つよ！」

ラブの魔法が直撃すると、大蛇は声を上げた。

ユーマの言葉に少しイラッとしたが、俺が何度も命を無駄にするなと言ったのは無駄ではなかったみたいだ。

見た感じユーマとラブは、大蛇の攻撃にしっかり対応できている。

二人が大蛇の気を引いているうちに、ナコは他の勇者の治療に当たっていた。

そんな倒れている勇者に、俺はひっそりと近づいた。

「俺らを治してももう戦えない。ゲームオーバーだ」

倒れている一人がそんなことをナコに向かって言った。

おい、ここにも命を軽く見ているやつがいるぞ。

いや……ここだけじゃない。

倒れた勇者達全員が「ゲームオーバーだ」って言いながら笑っている。

「なんでそんなこと言うんですか。まだ戦えますよ」

おお、ナコはしっかりしているな。

ただ、戦う気がないやつを戦場に送り込んだらいけないぞ。

それこそ、今度はナコが「鬼畜」って言われることになる。

「痛っ!?」

いきなりユーマが大きな声を上げた。大蛇の攻撃に当たってしまったのか、その場で足を止めている。

少しの気の緩みが致命的な隙となってしまう。

「うわぁ!?」

大蛇は回復をしているナコの存在に気づいたのだろう。

ラブが魔法を放っても、そっちに意識は向かない。

「ははは、せっかく回復してもらったから俺が囮になるよ」

勇者が立ち上がってナコの前に出る。大蛇の攻撃をボロボロの状態で止める気だろうか。

戦う準備もできていないのに、あの勇者が何を考えているのか、俺には理解できなかった。

アルがナコを抱えて避ければいいのに、何をやっているんだ。

なんのために鬼ごっこをやったのか忘れたのか？

俺の中でこの間と同じ感情が湧き出てくる。

ああ、こいつら、本当に命を軽く見ているんだな。

気づいた時には、俺は弓を構えてショートスピア型の矢を大蛇に放っていた。

――シュッパ！

風を切るように矢は大蛇に向かって飛んでいく。

『キシャアアアア！』

大蛇の叫び声が森の中に響き渡る。

矢は大蛇の体を突き抜けて地面に刺さった。

「あと数発やっておくか」

今度は矢を五本掴んで一度に放つと、大蛇の体に次々と刺さっていく。

矢が大蛇を地面に縫い付け、動けなくさせた。ここまで固定したら勇者達も倒しやすいだろう。

それと同時に、ユーマが俺の存在に気づいた。

「うぁー、ヴァイトじゃん。ラブ、俺怒られないよな？」

「今の発言が怒られそうな気もするけどね？」

「ヒイィ!?」

斥候スキルを使っているから、俺に気づいたのはまだユーマ達だけだ。

俺はスキルを解除するとナコのもとへ向かった。

「なんでナコがいるんだ？」

「あっ……いや、みんなに頼まれて……」

「頼まれたらこんなところでも来るのか？　命懸けだぞ？」

「ごめんなさい」

あまりにもナコがシュンってしてしまった。つい言いすぎてしまったな。

別にいじめたいわけじゃないからな。

「おいおい、俺達のレイドバトルに、なんでＮＰＣが入ってくるんだよ！」

突然声をかけられて振り返ると、どこかで見たことのある男がいた。

「あー、たしか地面にキスをしていた勇者だっけ？」

「はぁん⁉　あっ、お前、あの時の馬鹿力男《ばかぢからおとこ》か！　なんでNPCが来てんだよ」

そこにいたのは、野菜店の女性を殴ろうとしていた勇者だった。「鬼畜野郎」の次は「馬鹿力男」って……

それよりNPC？　勇者達が度々言うその言葉はなんだ？

「来ているのは俺だけじゃないぞ。勇者があまりにもバカだからって、師匠達が全員向かっている」

「えっ……それじゃあ、レイドバトルの報酬が取られちまうじゃないか！」

「じゃあ、お前一人で行ってくるか？　ちょうど大蛇がこっちを向いて怒っているからいいかもな」

俺は男の襟元を掴むと大蛇に向かって放り投げた。

「うわあああ！　キチクウウウゥゥゥ！」

それと同時に大きく口を開けた大蛇に向けて、矢を数本放った。

『キシャアアアア！』

どうやら口の中は柔らかいようだ。

「ヴァイトさんの性格がいつもと違いますね」

「それは僕も思いました。鬼ごっこしている時も鬼畜でしたが、今よりはまだ優しく穏やかです

よね」

勝手に体が動き出したけど、これはなんだろうか。

少しするとＨＵＤシステムが出現した。


【狂戦士モード】


どうやらこの状態は狂戦士の職業が影響しているようだ。

「お前達、あとで覚えておけよ？」

体が勝手に動くが、全く制御できていないわけではない。

俺は勇者達に向かってニコリと笑うと、体を動くままに委ねた。

すぐに俺は走り出し弓と剣を持ち替えて、大蛇を斬りつけた。

『キシャアアアア！』

あれ？

皮膚が硬いと思っていたが、意外にも刃は通る。

単に勇者達のＳＴＲが低いのかな。

「この間は散々町を荒らしてくれたよな？」

大蛇と目が合うと、俺に怯えているのがなんとなくわかる。

「父さんを傷つけられて、黙っているわけにはいかないからな」

なぜか俺の口から「父さん」という言葉が出てきた。

その後、俺は剣で何度も大蛇を斬り裂いた。

「おい、お前ら、大丈夫だった――」

大蛇の声が冒険者達を引き寄せたのだろう。

遅れて師匠達が駆けつけてきたが、戦場を見て驚いている。

俺が一人で大蛇を狩っているからな。

それにしても、さっきバビットさんのことを父さんと言ったのはなぜだろう。

「おい、ヴァイトやりすぎだ！　それじゃあ素材が残らないぞ！」

「へっ⁉」

そう言われて、ピタリと俺の手が止まる。

防具職人として魔物の素材が大事なのはよく理解している。

すると、いつの間にか狂戦士モードの文字が視界から消えていた。

「ふぅー！」

息を大きく吐くと、自然と体から力が抜けていった。

俺の足元には、息絶えた大蛇が横たわっている。

「おいおい、ヴァイトってめちゃくちゃ強いじゃん！」

「私もまた動画を撮っちゃったよ！」

ユーマとラブはどこか楽しそうにワイワイ話している。だが、他の勇者は渋い顔をしていた。

「あいつのせいで、報酬が少ないじゃないか」

「レイドバトル貢献度《こうけんど》一位がＮＰＣってなんだよ」

「ってか、命懸けってウケるんだけど」

周囲から聞こえる声に、胸の奥が締め付けられる。

命を無駄にしないように動いた俺がバカだったのだろうか。

俺の努力が間違っていたのだろうか……

心配して駆けつけたのに……

――ドン！

大きな音がして、そちらを見ると、ユーマが地面を殴ったところだった。

「おい、ヴァイトに文句があるなら俺が相手になるぜ！」

「おおお、それいいね。バカでも頭を使えるじゃん！　さすがに勇者同士のＰＫ《プレイヤーキル》なら問題にはならないでしょ？」

ユーマの言葉にラブが嬉しそうに同調した。

「二人とも、さすがにやりすぎはダメだよ？　せめて爪を一枚ずつ剥がして、指を一本ずつ折らないと、痛覚遮断がすぐに発動するよ？」

「なら、私はそれを回復したらいいですか？」

アルとナコもあとに続く。四人は俺を守るように並んだ。

それにしても、優しい顔をして一番怖いのはアルだ。怒っているのが伝わってくる。

「もうレイドパーティは解消されているね。私は貢献度二位だけど、こんなものが欲しいわけでもないし」

ラブはネックレスを投げると火属性魔法でそれを一瞬で灰にした。

「なら俺もこんなのいらないや」

ユーマもインベントリから何かを取り出して、手で砕いた。

「お前達、その装備が何かわかっているのか！　めちゃくちゃレア装備なんだぞ！」

「わかってますよ。でもレア装備なんてなくても、僕達、みなさんより強いですから」

勇者の一人がユーマ達に向かって言うが、アルがそれに返す。

にこやかに返したが、その目は全く笑っていなかった。

やっぱり、この中で一番怒らせてはいけないのはアルだ。

さらに、見たこともない器具を取り出してニコニコしている。

「ヴァイトさん、怪我していないですか？」

俺を心配して、ナコが回復属性魔法をかけてくれた。

別に自分で回復できるが、ナコにかけてもらうと心の奥底から回復したような気がする。

俺は本当にいい友達と出会えたな。

「まあまあ、勇者達はその辺で落ち着いて！　弟子の失敗は師匠の責任でもあるからな」

ジェイドさん達が勇者に近寄っていく。

いつもは酔っ払ってばかりのレックスさんですら、今はしっかりと師匠らしい。

「てめぇらのせいで、せっかくの酒が抜けちまったじゃないか！」

いや、あれは単に聖職者スキルで酔いが抜けただけみたいだ。

「じゃあ、俺達はちょっと指導したあとに帰るから、気をつけろよ！」

そう言って、冒険者達は勇者を引きずって森の中に入っていった。

「ヴァイトも怖いけど、師匠達も中々だな」

「あんたって本当に学ばないね」

「えっ……そんな……いや、ヴァイトはいいやつだぞ！　俺は好きだ！」

「今動画を撮っているから、公開告白になるね！」

「てめぇ！」

ユーマとラブは夫婦漫才をする余裕があるくらい、まだ元気なんだろう。

森の中で追いかけっこして遊んでいる。

「深夜になると、森の中もさらに危なくなるから、早いとこ帰ろうか」

「さすがにこの時間に大蛇の討伐って、普通に考えたらおかしいですもんね」

ナコがそう言うが、おかしいと気づいたのに、なぜ一緒に向かったのだろうか。

それについては帰ったら説教しないといけないな。

「こいつってインベントリに入る？」

俺は大蛇を指さしてアルに尋ねたが、アルは首を横に振った。

このままでは大きすぎて入らないか。

俺は剣を使って大蛇を解体していく。

初めて解体する魔物なのに解体方法がわかるのは解体士のスキルの影響だろうか。

自分で解体できない場合、大きな魔物を倒してもほとんど埋めることになる。

勇者達に魔物を運ぶカートを作って渡せば、解体しないと無理なものでも持って帰ってきてくれそうだな。また時間が空いている時にでも作ってみよう。

「じゃあ、これらを全部インベントリに入れてもらって……」

近くで解体作業を見ていたユーマ達に声をかけると、みんな俺の顔を見ながら若干後退していく。

後ろに何かいるのかと思い振り返るが、何もいない。

「みんな、どうしたんだ？」

「ヴァイトがあまりにも躊躇なく解体していくから、びっくりして……」

「初めて蛇の解体を見たけど、想像以上の迫力だね」

訓練場の隣に解体小屋があっても、解体の様子を今まで見たことがないのだろう。

中にいる男も存在感があるから、すぐに気づくと思ったがそうでもないようだった。

「むしろ、私はユーマが躊躇なくって言葉を知っている方がびっくりだよ」

「はぁん!?　また追いかけられたいのか？」

ユーマとラブは相変わらず元気だ。

「それならみんなで走って戻ろうかな」

「えっ……」

「はぁん!?」

「鬼ごっこ……？」

反応は様々だったが、みんな鬼ごっこは……好きなようだ。

きっとナコにも、大蛇より俺の方が怖いって言われる日もそう遠くはないだろう。

「さぁ、みんなで楽しく帰ろう！」

「「「キチクゥゥゥゥ！」」」

しばらく俺は、ユーマ達に鬼畜と言われ続けることになるだろう。だけど、みんなが無事で本当によかった。

ただ、ナコだけは楽しそうに鬼ごっこをしていたのには驚いた。

終章　現実世界は大変なようです

「おい、このＮＰＣを作ったやつは誰だ！」

会社で今後のアップデートに向けた会議が行われていた。

俺は課長としてそのゲームの企画と運用を取り仕切っている。

今は人族のＮＰＣが話題に上がっているところだ。

種族毎にチームが分けられ、俺は人族をメインに担当している。

今日は部下二人も参加している。

「さすがにそこまでは覚えてないですよ。各種族の町を合わせると、すでに千人近くＮＰＣがいますよ？」

「はぁー、そうだよな。とりあえず適当に名前と顔を決めて、しばらく勝手にさせていたからな」

基本的に重要な人物は覚えている。

ただ、あいつのことは誰も覚えていない。

つまり、大した役割のないＮＰＣだったはずだ。

この間もプレイヤーからのクレーム祭りになっていたが、それを解決したのもこの変わったNPCだった。

ネットで拡散され、一気に他の種族のプレイヤーも気づいたことで緊急クエストとして対応できた。

あれだけ「ツボを割るな、タルを投げるな、勝手にタンスを開けるな」ってチュートリアルで言ったのに、プレイヤーは聞く耳を持たない。

せっかくチュートリアルシステムを作ったのだが、無意味になってしまった。

それに、全種族のNPCがボイコットを始めた時は本当にびっくりした。

さすが最新のAIを搭載したVRMMOゲームだ。

騒動が解決するまで徹夜続きで、家にも帰れなかった。

「この際、ゲームの有名キャラクターとして売り出せばいいんじゃないですか？」

「それがいいですよ！　見た目は女子受け抜群ですし、流行りのBL業界にも手を出せますよ」

部下の二人がヴァイトの問題を利用できないかと提案してくる。

たしかに人気のキャラクターを全面に押し出すことはよくあることだ。

「なぜあれがBLに繋がるのか俺には全くわからん！」

「それは、課長が腐ってないからですよ」

「うっ……」

いつの間にか強くなっていたＮＰＣが一人歩きして有名になる時代、か。

モブが人気になるとか、俺にはさっぱりだ。

そこにさらにＢＬの話が追加されたもんだから、俺の頭ではもう理解の遠く及ばない領域になってしまった。

それに、あいつがチヤホヤされるとよくないことが起きる気がする。

「話を戻すが、次の施策は第二の町の解放と、ペットシステムの追加でいいか？」

「あとはダンジョンのプレリリースも同時にした方が、プレイヤーも飽きないと思いますよ！」

「じゃあ、その方針でやっていこうか。おい、長谷川は勝手なことをするなよ！」

「私はまだ何もしていませんよ！　ＢＬイベントをやるなら絶対にバレンタインがいいですからね」

「そんなイベントは絶対させないからな！」

変わり者の部下二人に圧倒されて、他の職員が声を挟むことなく、人族ユーザーの話し合いは終わった。

今日も俺達ゲーム運営側は、ＡＩを取り入れたことでバタバタして大変だ。

きっと社畜ＮＰＣのヴァイト並みに忙しいだろう。

◇　◇　◇

「咲良ちゃーん！」

奈子の声が聞こえ、私はいつものようにカーテンの隙間から玄関前の様子を覗いた。

今日も親友の奈子が制服を着て、わざわざ家にやってきた。

「あっ、奈子ちゃん。最近ゲームはどう？」

「昨日は大蛇を倒して、死ぬ気で鬼ごっこしました！」

「死ぬ気で鬼ごっこ？」

「ゲームのキャラクターが剣を持って追いかけてくるんですよ！　もし怪我をしても、回復魔法で治るからって、ずっと走らされましたね」

「それは楽しいのかしらね……？」

最近は母と話すために家に来ているのかと思うほど、楽しそうな声が聞こえてくる。

わざと大きな声で話しているのは、私にも聞こえるようにという彼女の優しさだろう。

普段なら私が母の場所で奈子の話を聞くはずなのに、そんな気力はまだない。

「なんでこんなに情けないのよ……」

兄が亡くなってから、私は部屋から出ることすらできなくなった。

あれだけずっと生きたいと願っていた兄は亡くなったのに、こんな私が生きていてもいいのだろうか。

そんな疑問が頭の中をぐるぐると駆け巡り、止めどなく涙が溢れ出てくる。

毎日泣き疲れて、今は自分がどんな顔をしているのかもわからない。

むしろ見たくもないし、誰にも見せたくない。

「よかったら、咲良にもやってみてと伝えてください！」

「うん、伝えておくね。毎日朝からありがとうね！」

「いえいえ、これも私の日課ですからね。咲良！　ゲームの世界で待ってるよ！」

奈子はいつものようにゲームを勧めてから、学校に走って向かっていった。

遅刻ギリギリになるかもしれないのに、私のために声をかけてくれる。

そんな彼女の優しさはありがたいけれど、私を追い詰めてもいる。

「私はどうしたらいいの……お兄ちゃんがいないと生きている意味がないよ」

私はずっと、私のことを守ってくれる兄のことが大好きだった。

いじめられていた時もそうだ。

どんなことがあっても駆けつけてくれた兄は、私のヒーローだった。

今度はそんな兄を自分が支えようと努力してきたのに……

だから兄が病気で突然いなくなったら、生きる目標を失ってしまった。

「咲良、今いいかな？」

「うん……」

扉越しに母の声が聞こえてくる。

いつも優しく声をかけてくれるから、余計に涙が止まらなくなる。

「よかったら、気分転換に奈子ちゃんがやっているゲームをしてみるのはどうかな？」

その言葉で、さらに兄のことを思い出してしまう。

部屋の隅に投げ捨てられたヘッドギア。

幼い頃のように、兄と楽しく鬼ごっこをしたくて買ったものだ。

今は兄と遊びたかったゲームを見ているだけで辛くなる。

「きっとゲームで遊びたかったのはお兄ちゃんも一緒だよ。だって咲良がゲームの話をすると、表情が柔らかくなってたでしょ？」

「そんなのわかってる！　私だってお兄ちゃんと一緒に遊びたかった……」

病室にいる兄は一度も私に弱音を吐くことはなく、いつも笑っていた。

だからこそ、そんな強い兄を今の私と比べて、さらに辛くなってくる。

「だから、お兄ちゃんが遊べなかった分、咲良がたくさん遊んであげなよ。きっと天国でお兄ちゃんは咲良がゲームするのを待っているよ」

母の声が体の奥底に沁み込むように、スーッと入っていく。

私は部屋の隅にあるヘッドギアに手を伸ばした。なぜか兄に呼ばれているような気がした。

「本当にお兄ちゃんは待ってるかな……」

「ええ、お兄ちゃんの分までたくさん遊んできなさい」

私はゆっくりとヘッドギアを頭に被せる。

そんなに重くないはずなのに、やけに重く感じる。

「ははは、お兄ちゃんが被ったら首を痛めちゃうね」

まるでいつまでもメソメソしているなと、兄が怒っているようだ。


【夢のファンタジー世界にようこそ！】

私はゲームの世界にログインした。

もふもふで始める
Mofumofu
yorimichi seikatsu
のんびり寄り道生活
便利なチートフル活用でVRMMOの世界を冒険します!
presented by
ゆるり
VRMMOの世界で
寄り道し放題のマイペース道中。
アルファポリス 第17回
ファンタジー小説大賞
癒し系ほっこり賞
受賞作!!
フルダイブ型VRMMOに参加することにしたモモ。最初の種族選択ガチャをしたら、なんと希少種のもふもふ兎になってしまった!? 最初は戸惑ったものの、モモは気持ちを切り替えて冒険をスタート! バトルよりものんびり楽しみたいモモは、色んな職人さんに弟子入りしたり、泣いている女の子を助けたり、謎のおじいさんと釣りを楽しんだり、正規の攻略ルートから外れてばかり。でも寄り道していたら、シークレットミッションが次々発生して、さらにレアスキルやレアアイテムも次々ゲットしてしまい——?
◎定価:1430円(10%税込) ◎ISBN 978-4-434-35489-2 ◎illustration:にとろん
もふもふで始める
Mofumofu
yorimichi seikatsu
のんびり寄り道生活
presented by
ゆるり
VRMMOの世界で
アルファポリス
寄り道し放題のマイペース道中。
正規ルートをハズレて自由に過ごすの楽しすぎ!

家族の温かみに触れることなく死んでしまった少年が転生したのは、家族仲が最高な平民一家の末っ子。両親や兄に大事にされながらすくすく育った転生者のルイは、前世の知識を活かして一家が経営するレストランを繁盛させたり、未知のユニークスキルで領民を助けたりと大活躍していく。そんなある日、ルイは街での噂を聞きつけた領主から呼び出されてしまい――前世で夢見たほっこりライフの実現を目指す、家族第一なルイの成長譚開幕!!

◉定価：1430円（10%税込）　◉ISBN：978-4-434-35492-2　◉illustration：pokira

この作品に対する皆様のご意見・ご感想をお待ちしております。

おハガキ・お手紙は以下の宛先にお送りください。

【宛先】

〒 150-6019 東京都渋谷区恵比寿 4-20-3 恵比寿ｶﾞｰﾃﾞﾝﾌﾟﾚｲｽﾀﾜｰ 19F
（株）アルファポリス　書籍感想係

メールフォームでのご意見・ご感想は右のＱＲコードから、
あるいは以下のワードで検索をかけてください。

アルファポリス　書籍の感想　検索

ご感想はこちらから

本書は Web サイト「アルファポリス」（https://www.alphapolis.co.jp/）に投稿されたものを、改題・改稿のうえ、書籍化したものです。

ＮＰＣに転生《てんせい》したら、あらゆる仕事《しごと》が天職《てんしょく》でした

前世《ぜんせ》は病弱《びょうじゃく》だったから、このＶＲＭＭＯ世界《せかい》でやりたかったこと全部《ぜんぶ》やる

k-ing（キング）

2025年 3月30日初版発行

編集－藤野友介・宮坂剛
編集長－太田鉄平
発行者－梶本雄介
発行所－株式会社アルファポリス
〒150-6019 東京都渋谷区恵比寿4-20-3 恵比寿ｶﾞｰﾃﾞﾝﾌﾟﾚｲｽﾀﾜｰ19F
TEL 03-6277-1601（営業）　03-6277-1602（編集）
URL https://www.alphapolis.co.jp/
発売元－株式会社星雲社（共同出版社・流通責任出版社）
〒112-0005 東京都文京区水道1-3-30
TEL 03-3868-3275
装丁・本文イラスト－HIDE
装丁デザイン－AFTERGLOW
印刷－中央精版印刷株式会社

価格はｶﾊﾞｰに表示されてあります。

落丁乱丁の場合はアルファポリスまでご連絡ください。

送料は小社負担でお取り替えします。


ISBN978-4-434-35491-5 C0093